貰った土地は……

られ続けて二週間。
がなくなってからは、
ほど。
り着いた大陸西の土地
くりするぐらい何もなかった。

りやら、本当に
しかないようだな」

スライム

アシュレイが才能すべてを
費やして召還したスライム。
賢く強く、分裂に擬態も思いのままと
規格外の能力を持つ。

Richard Roe
Illust. みく郎

追放されたスライム召喚士が領地開拓をやり込んだら、一国の統治者に成り上がった件

スライムの国、バスキア誕生
ケルン
領地を追われた一族『ケルシュ族』の長。
スライムに負けて渋々アシュレイの元に
ついたが最後、狩猟から密偵、
果ては移民たちの顔役にまでされていた
巻き込まれ被害者その2。
アドヴォカート
アシュレイが来る前にバスキアに
住み着いていた難民たちの長。
あれよあれよという間に発展させていく
アシュレイに重用され、気づけば
領主代行になっていた被害者その1。

アシュレイ・ユグ
英雄パーティの一員だった召喚士。
何故かスライムしか召喚できないが、
その分スライムの扱いは抜群。
規格外のスライムを召喚し、もらった領地を
好き勝手運営し始めた。

「――すまない、中央のごたごたに巻き込まれて遅くなった！
だが安心しろ、私にお任せあれ！」
シュザンヌ
かつてアシュレイが所属していた
パーティに所属する〝英雄〟指定の冒険者。
バスキアを脅かすとある危機の為に
駆け付けたのだが、勿論それ以上の騒動に
巻き込まれることになる被害者その3。
"英雄"の凱旋

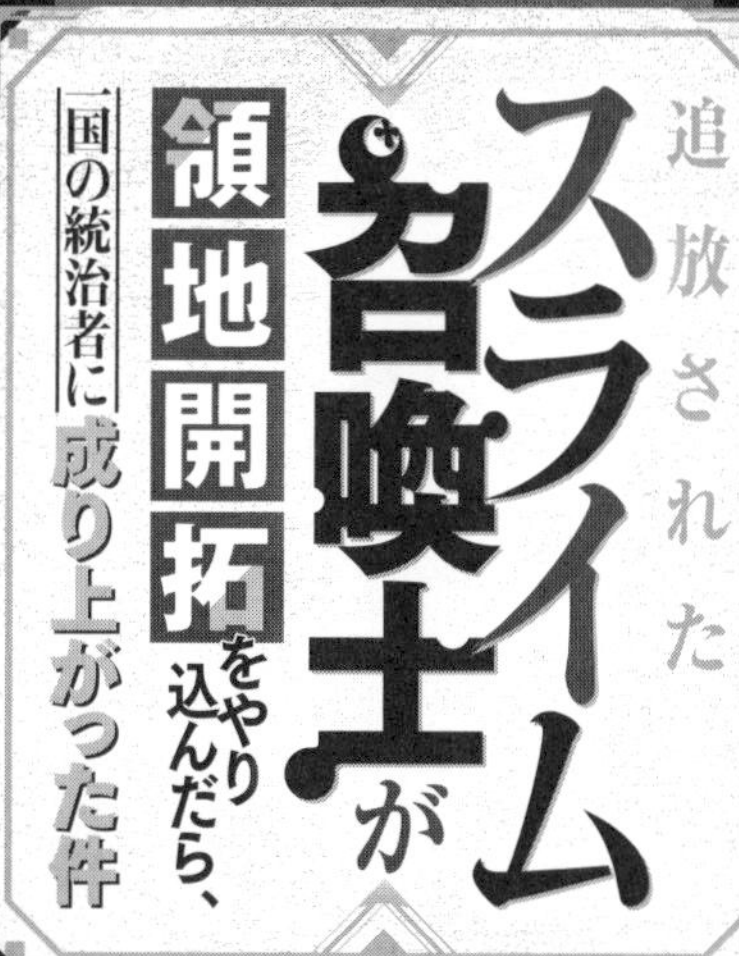

Richard Roe

Illust. みく郎

SLIME SUMMONS

person rises suddenly to a ruler of one country.

口絵・本文イラスト：みく郎
デザイン：ＡＦＴＥＲＧＬＯＷ

contents

SLIME SUMMONS
person rises suddenly to a ruler of one country.

1日目

――スライム/ʌndíːn/を召喚した。

ほとんどの財貨を処分してまでかき集めた魂魄石と契約石を費やして、さらには俺自身の魂魄――〝魂の器〟にも、余すところなく魔獣契約紋を刻み込んだ。さらには魂の大部分を生贄に捧げた。その代償として、これでもう二度と魔物の召喚使役はできなくなった。

召喚の儀式とて、容易く終わったわけではない。召喚の指輪を三つ、使役の指輪を七つはめて、精緻な高等術式を構築して、ようやくこの魔物を口寄せすることができた。

いわゆる高位階梯の魔物の召喚の儀式。そこまでして召喚したのが、この小さな水魔の/ʌndíːn/。

「……これが、俺の生涯最後の相棒か」

見るも小さい水の塊を前に、俺は小さく呟いた。

この俺、アシュレイ・ユグは召喚士である。それもスライムしか召喚できない、半人前の召喚士。

周りの者からは、魔術の修練が足りない未熟者だからスライムしか召喚できないのだ、と言われたことがある。生まれつき背中に【水棲魔の口付け】と呼ばれる謎の痣があるのだが、これが原因だろうとも言われたことがある。

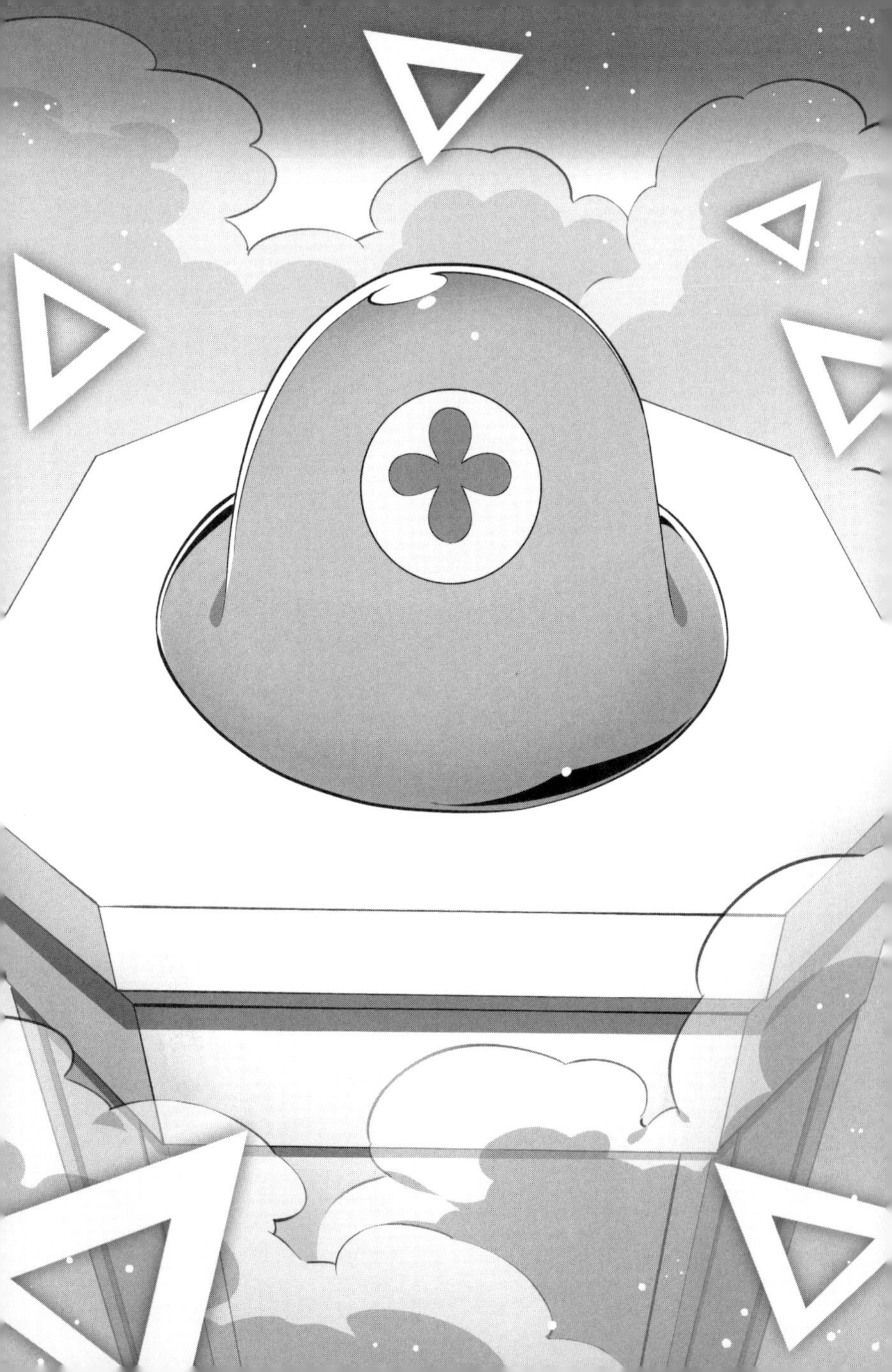

本当のところはよくわからない。なぜスライムしか召喚できないのか、ついぞ理由は判明しなかった。

今わかっているのは、この召喚で、俺は魔術の才能のほとんど全てを食いつぶし、魂の器の大部分をこいつとの契約に費やしたということ。

水魔の召喚術〝だけ〟を極めて白銀級魔術師にまで上り詰めた俺の、持ちうる才知全てを注ぎ込んだ召喚術は、やはり水魔の召喚だったのである。

(……ここまでしても、俺はスライムしか召喚できないのか)

召喚したスライムを箱に入れて、木くずをたっぷり上からふりかける。餌代わりだ。スライムが雑食であることは長年の付き合いでよく知っている。

木くずを一ヶ月分は突っ込んでおいたので、しばらくの間は何もしなくてもよいだろう。

それにしても、魔術師人生を捨ててまでして、手を尽くして召喚できたのがただのスライムというのがちょっと悲しい。

(昔は、俺ぐらい才能があれば、伝承種や幻想種の魔物だって使役できる……なんて無邪気に信じてたんだけどな)

召喚士としてはこれでおしまい。だが、俺の魔術師人生の集大成が水魔召喚というのは、収まるところに収まった結果なのかもしれない。人生案外そんなものさ、と苦笑いを一つ。

腐っても高位階梯。大事に育てていれば、いつか思いもよらぬ良いことがあるかもしれない。

そう信じて俺は、このスライム/ʌndiːn/を相棒にすることに決めたのだった。

2日目

スライムに与えていた木くずが全てなくなっていた。恐ろしいほどの消化速度だった。ひと月は持つ計算だったのに、こうもぺろりと平らげるとは思ってもいなかった。

仕方がないので、路地裏に勝手に投棄されているゴミを食べさせることにした。

俺が酒場で食事をしたり、防具屋で採寸したり、道具を買い揃えている間、スライムには勝手に路地裏のゴミを食べておくように命じておいた。

3日目

スライムは本当によく食べた。

俺の住んでいる宿屋の近くといえば、悪臭おびただしいことで有名な不法投棄場（この時代、上級市民の住む区画以外にはゴミ捨て場は敷設されておらず、貧民の住む区画では、勝手に大きな穴を掘ってそこにゴミを捨てる〝ゴミ溜め〟が散見された。放置しておくと害虫や疫病の発生源になるので、定期的にゴミを広場に運び出して、火を付けて野焼きを行っていた。だが貧民区画なので、しばしば放置されることも珍しくなかった）があることで有名なのだが、それがいつの間にか、ゴミの嵩が減っていた。

願ったり叶ったりである。

これで、いつも宿に泊まっているときに漂ってくる悪臭も、少しは緩和されるだろう。こちらとしては餌やりのついでの気持ちなので、一挙両得である。スライムが食事をしている間、俺は何もしなくていいというのが素晴らしい。

せっかくなので、スライムにはゴミ溜めのゴミをきれいさっぱり平らげておくことを命じておいた。しばらくの間、餌に困ることはなさそうである。

宿屋の主人にも深く感謝された。

悪臭が原因で客足が遠のいていたところを、これで商売が繁盛するだろう、とお礼までされた。銀貨一枚。嬉しい臨時収入であった。

4日目

路地裏でスライムが貧民らに、よってたかって虐められていた。

どうやら、スライムがゴミ溜めの中で貴金属を発見し、それを見た貧民たちが横から奪おうとしたらしい。

謎の指輪、きれいな首飾り、小洒落た細工の短剣、などなど。どこから流れ着いたのかわからないが、いつの間にか大量のゴミの中に紛れ込んでいたらしい。

鑑識眼のない俺でも、結構な値打ちものだということはよくわかった。彼らには悪いが、「使役獣のスライムが見つけたのだから、これは俺のものだ。どうしても横取りしようというのなら、魔術をお見舞いすることになるが」と脅しをかけて、貴金属を回収した。

「……困ったことに巻き込まれたら、俺を呼んでもいいんだぞ？」

膝の上に乗せたスライムをもにゅもにゅと揉みつつ、俺はそう語りかけた。返事はもちろんない。言葉が通じているのかも怪しい。

「……まあ、いいや。次は俺が助けてやるよ」

やはり返事はない。スライムはもにゅもにゅ揉まれるがままであった。

5日目

信じられないことに、宿に火を付けられた。

例の貧民たちである。とんでもない連中だ。これには宿屋の主人も激怒していた。

だが不幸なことに、ここは貧民の住む区画である。本来ならば放火事件は憲兵沙汰の大事件だが、周囲への延焼がなく、宿屋自体も全壊とはならずボヤ騒ぎに終わったので、憲兵は動いてくれなさそうであった。

つまりは泣き寝入りだ。

「悪いがあんた、出ていってくれんか。あんたが悪いわけじゃないだろうが、同じようなことが続いたら、こっちもかなわん」

言い返す言葉もない。こっちだって巻き込まれ事故のようなものだが、諍いの火種を招いたのは事実である。

宿屋の主人には、幾ばくかの見舞金を包んで渡しておいて、俺は他の宿を探すことにした。

6日目～12日目

同じようなゴミ溜めを見つけては、スライムにもっそもっそと漁らせる。

流石に貴重品が毎回手に入るわけではないが、銅貨や大銅貨であれば結構落ちているものだし、銀貨もたまに見つかる。銀貨が一枚あればその日一日は凌げる。

別にこんなことしなくても、当面の資金は多少ばかりあるので生活はできるのだが、なんとなく趣味でやっている。スライムにたくさん食べさせるのは見ていて楽しい。

（いかに王都といえども、中央区から遠く離れた地区はひどい有りさまだな。おかげでゴミに困ることはない）

街を歩きながらぼんやり考える。

この地、王都ハービッツブルクは、三つの地区に分割される。それぞれ、貴族区、中央区、外延区から構成されている。

とはいっても、そもそも法令上、正式な王都として扱われているのは中央区までであり、外延区は言うなれば「勝手に王都の周辺に住んでいる不法滞在民たちの場所」という扱いになっている。

なので、憲兵の見回りはほとんどないし、下水の整備もされていない。先日のように放火未遂の事件があっても、周囲への被害がなければ憲兵がやってくることもない。

大雨が降ったときなんか、下水が辺り一面に溢れかえって悲惨なことになる。

そんなものだから、外延区を適当に回れば、ゴミ溜めなんて簡単に見つけられる。

「……なあスライム。しばらくお前にゴミの清掃をしてもらうぞ。いわば俺たちは、街のお掃除屋さんってやつさ」

たまに金目の物が見つかるし、周囲の飲食店や宿屋からは感謝されるし、いいことずくめである。

「気長に行こうぜ。明日のご飯にありつけるだけ、俺たちはまだまだマシなのさ」

先の事件があったばかりなので、同じ宿に連泊するのは憚られる。

そんなわけで、俺とスライムは新たな宿を転々と回って、ゴミ溜めの掃除を続けることにした。

13日目～16日目

このあたりに入って、少々変化が起きた。宿屋や料理店に近所の清掃を申し入れると、家畜に与える餌が足りなくなるという理由で断られ始めたのだ。

ゴミ掃除を断るなんてちょっと予想外の反応である。だが、相手側の意見にも一理あった。

この時代、貧民たちは豚などの家畜を飼っていた。豚は雑食なので、生ゴミや人糞を処分させるのにうってつけだったのである。特に王都外れに住む外延区の人々は、穀物や野菜中心の食生活であったために、未消化の糞便は豚の餌にしやすかった。

「とはいっても、スライムにも餌を食べさせてあげたいんだけどなあ」

仕方がないので、水が汚染されて誰も飲めなくなってしまった井戸に、スライムをひょいと放り込む。沈殿した汚泥や苔などを餌代わりに食べてもらおう、という魂胆である。

井戸の汚染の原因は不明である。だが十中八九、ゴミ溜めに雨が降って、地下水に染み渡って、井戸水を汚してしまったのだろうと予想された。

魚の死骸が浮かび、謎の黄ばみや赤い塊が水面に蔓延っている井戸は、誰がどう見ても飲用に適しない様相だった。ひどいものだ。

(うへえ、とんでもない臭いだ。ここに火魔術を放ったら、爆発しそうだな……)

井戸といえばこんな逸話がある。

腐りきった井戸の悪臭に耐えかねた魔術師が、井戸を焼いてしまおうと火魔術を使ったところ、爆発を起こしてしまい失明してしまったのだという。原因は可燃性の気体。「炭鉱で異臭が漂ったら火を使うな」とはよく言われるが、放置されて腐りきった井戸でもそんな似たようなことが稀にあるらしい。

しばらくスライムに井戸掃除をさせつつ、俺は日が暮れるまで魔術書を読んで勉強した。日が沈む頃には、井戸の臭いも随分とましになっており、水に浮かんでいる謎の赤い塊などもすっかり消え去っていた。

流石に今すぐ飲む勇気はなかったが、しばらく経てば飲用できる日がくる……かもしれない。

17日目

ゴミ溜めのゴミ処分に加えて、井戸掃除もして回っていると、俺はちょっとした有名人になりつつあった。

王都の屍肉漁り（スカベンジャー）、とか何とか。

あんまり嬉しい渾名（あだな）ではない。だが有名になったおかげか、俺個人宛（あて）にちょくちょく依頼（いらい）が舞（ま）い込むこともあった。

「えっと……今回は、中央区の用水路の依頼が一件と、ゴミ捨て場のゴミ処分の依頼が一件か」

関所に入関税を支払（しはら）って中央区に入る。中央区からが、いわゆる本当の〝王都〟だ。

流石に中央区ともなってくると、用水路が比較的（ひかくてき）きれいに整備されている。大掛（おおが）かりな下水道が作られているおかげか、都市部の川の水はきれいである。

（やっぱり外延区と比べると、中央区は段違（だんちが）いにきれいだよなあ）

王都の川がきれいな理由は簡単である。地下に作った下水道を通じて、工業廃水（はいすい）や生活排水（はいすい）などを都市部よりも下流に流すようにすることで、川の清潔さを保っているのだ。

だが、いくら清潔さを保っているとはいえ、川の入り口で馬が溺（おぼ）れて死んだりすると、その死体が腐って水質汚染を起こし、街中が迷惑（めいわく）を被（こうむ）ることになる。

今回の俺の仕事は、そういった王都の川を汚す迷惑な死体を掃除することである。

（なるほど、クサレカズラ草を載（の）せた馬だから、誰も助けてくれなかったんだろうな……）

なぜ馬が溺れ死んだのかというと、ちょうど川の狭さがぴったりで、馬が転けたときに嵌まってしまったかららしい。

引き上げようにも、馬一頭を川から持ち上げるのは並大抵のことではない。

しかもクサレカズラ草といえば、悪臭のひどい草で有名である。干せば漢方薬にも化粧品にもなって有用なのだが、あたり一面嫌な臭いをこうも撒き散らされては、近寄りたくないのも当然というものだ。

俺としては、報酬金が出て、なおかつスライムに餌を与えられるのであれば何でもいい。

スライムを投げて、そのまま放置しておけば、勝手に金になるのだから、何とも都合のいい儲け話である。

結局、その日も俺はただスライムを放り投げて、本を読んでいるだけで仕事が終わった。

18日目～26日目

激動の一週間だった。例の馬の死体の掃除の一件を皮切りに、王都清掃の依頼が山ほど舞い込んできたのだ。

煙突の煤掃除を引き受けた。

公衆浴場の清掃を引き受けた。

井戸という井戸をきれいにしてまわった。

精肉屋、皮なめし職人、大衆食堂などなど、様々な職業の人たちからゴミというゴミの処分を格安で引き受けた。

おかげで、懐がかなり潤った。

こちらとしては、ただスライムに餌を与えているだけである。

だがこれが、格安とはいえ金になる。塵も積もれば山となる、とはよく言ったもので、しばらく生活に困らない程度のお金が舞い込んできたのだった。

極めつきは王家からの仕事。なんと国王陛下から直々に勅命が下ったのだ。

内容は下水道の清掃。

王都の地下に潜って、下水道を一度さっぱりきれいにしてほしい、とのこと。

ここまでくると、もはや公共事業である。内政庁と財務庁の肝煎り案件とあらば、成功させないわけにはいかない。

（でも、変な魔物とか棲み着いてそうだしなあ……）

とりあえず、清掃範囲がとても広く、かつ危険が伴うことを熱心に語り、清掃には少なくとも二ヶ月以上かかるだろうと説明して承諾いただいたので、方策はゆっくり考えることにした。

27日目～33日目

下水道を安全に清掃できないかいろいろ試したが、しばらく失敗が続いた。

猟犬を借り受けて、変な魔物がいないか先導してもらう――あまりの臭いと下水道の暗さを犬が嫌がって、全然下水道に入ってくれなかった。

閃光符を使って、一気に明るさで中の生き物を驚かせる――試しに一度実験してみたところ、恐慌状態に陥ったコウモリが一気に襲いかかってきて痛い目にあった。

いっそのこと火魔術で下水道を焼き払う――爆発を起こして、下水道が崩壊する恐れがあるとして却下された。

(……もういっそ、俺が下水道に潜るのはあきらめて、スライムに全部任せてしまおうか？)

とりあえず現段階でわかっていることとしては、カエルの魔物、カタツムリの魔物、ネズミの魔物、ザリガニの魔物、コウモリの魔物、あたりが棲み着いているということ。

そして、自分の召喚したスライムであれば、こいつら相手であれば意外と何とかなるのではないかと思われた。

(カエルやカタツムリの毒はスライムには効かない。天井を這えば、ネズミやザリガニには襲われない)

スライムには核がある。

核そのものが傷付かない限りは、スライムは絶命しない。

(だから後は、コウモリさえ気をつければ大丈夫なはず)

スライムの核をくすぐって遊びつつ、俺は黙々と考えた。

コウモリの魔物。

怪音波を操り、恐ろしい顎力で齧り付いて骨まで砕く。そして肉を噛みちぎり、血をすする。

一般人にとっては非常に恐ろしい魔物だが、スライム相手だとさほどでもない。

コウモリの牙は短く、スライムの中心の核まで届かない。怪音波もスライムには効かない。端的に言えば相性がいいのだ。

（……困ったら俺を呼ぶように命じておいたが、果たしてちゃんと俺を呼んでくれるだろうか？　まあ危険は今のところなさそうだが）

これはあくまで主観なのだが、どうにもこのスライム、食べれば食べるだけ成長しているような気配がある。

しばらくこの子の自由にさせてみて、清掃を進めるだけ進めてもらい、どうしても無理なところに差し掛かるまで待つ、というのはありだろう。

34日目～38日目

たかがスライム一匹。

みるみる下水道が綺麗になった、とはならないものである。

されどスライム一匹。

指輪の魔力を経由して、スライムの成長を感じる。何となく、本当に何となくだが、スライムとの魂の結びつきがより強固になっていくのを感じる。

（……全然地上に帰ってこないな。別に無事ならそれでいいけど）

指輪から魔力が感知できるので、無事だということはわかる。だが、それ以外の情報がない。俺は何だか無性に心細くなっていた。

39日目～44日目

なんと、困ったことに全然スライムが地上に戻ってくる気配がなかった。

おかげで下水道の清掃が順調なのかどうかさえわからない。

下水道の清掃が順調だったとて、そもそも流れる下水が綺麗になるわけではない。

毎日何かしらの生活排水が下水道にひっきりなしに流れてくるのだから、当然下水は汚いままである。

なので、外から見ても、本当に下水道の清掃が進んでいるかどうか何もわからない。

進捗は神のみぞ知るわけで。

ここまで結果が出ないと、王家の役人からの目線も若干冷たくなってくる。もしや私たちは詐欺師に騙されたのではないか、と、そんな疑心暗鬼の感情がそれとなく伝わってくる。

（……そろそろ戻ってきてもらおうかな、どうしよう、流石に中間報告とか必要だもんな）

一応、夜中に下水道から出てくるネズミの数は減った気がするとか、そういう市民たちからの報告は上がっていたものの、これといった決定打に欠ける。もうしばらくあの子には頑張ってほしいところだが、俺は内心、もう中断すべきか悩んでいた。

45日目〜51日目

帰ってこない。ますます心細くなる。

多分、帰還を命じればスライムは帰ってきてくれるだろう。だが、そのときに何の証拠もなければ、俺はどうすればいいのだろうか。

（スライムには一つだけ、ちょっとしたお願いをしてある。うまくいけばそれが王家のご機嫌取りになるはず……）

指輪から伝わる魔力は、少しずつ成長している。順調に地下水道の魔物たちを仕留めている証拠である。だが果たして、これ以上、王都の内務官たちが待ってくれるだろうか。

52日目

俺が耐えられなくなったので、指輪に命じてスライムに帰ってきてもらった。

およそ20日間、スライムはたった一人で下水道の清掃を頑張っていたことになる。

結果が楽しみですな、と内務官の一人に釘を刺される。なかなか怖い。

頼むから何かしら戦果を持ち帰ってくれよ、と祈るような気持ちで下水道への入り口を眺める。

しばらくして、小さなスライムがもそもそとやってきた。

（……あ）

内務官たちはスライムを見て、きょとんとしていた。

一方、俺はスライムを見て思わず内心で快哉を叫んでいた。

スライムは、下水道から無事に、煌びやかな装飾品の数々を持ち帰っていたのである。

53日目

ゴミ溜めから金目の物を見つけたときから、ちょっとした予感があった。

きっと王都の下水道にも金目の物がわんさか落ちているに違いない、と。

酔っ払った貴族が、誤って懐から装飾品を落としたり。

何者かに暗殺された貴族が、証拠隠滅のために下水道に遺棄されて、そのとき身に着けているものが下水道に残っていたり。

貴族同士の嫉妬や諍いで、相手の首飾りや耳飾りをこっそり下水道に捨てたり。

とにかく、そんなこんなで金目の物がたくさん出てくるだろうと読んでいた。

そして、今回下水道からそういった品物をたくさん拾ってこられたら〝勝ち〟だと考えていた。

（これらの品の中には、貴族の身分を証明する品物がたまに紛れている。家紋の刻まれたタリスマンや、ドワーフの名工が手掛けた宝石の首飾りや、隕鉄で拵えた短剣。王家に献上すれば、相当の

見返りが貰(もら)えるはず）

はっきり言って、下水道がきれいになったかどうかなんて、最初から関係なかった。

こういった希少価値の高い逸品(いっぴん)を拾ってくれれば、それはそれで功績を認めてもらえるはずなのだ。

そして、実際に勝利した。

（本当に幸運だった。これできっと俺は、数年は食うに困らない程度の謝礼金にあやかることができるはず……！）

54日目

貴族として士爵(ししゃく)に叙任(じょにん)された。

ついでに、辺境のよくわからない小さな土地を任されることになった。

どうして、こうなった。

閑話　王宮の内政官たちの話し合い

IDLE TALK

王宮の内政官たちは、改めてアシュレイ少年への評価に頭を悩ませていた。報酬を不当に切り下げるつもりはないのだが、財務担当より余分な出費を切り詰めろという圧力を受けている。地下水道から多数の失せ物を発見してくれたあの少年への恩賞金は、一般市民には身に余るような破格の金額であったが、まさにこの切り詰めの恰好の対象でもあった。

冒険者上がり。従魔を使って王都の清掃を広く手掛ける流れ者。ここまではまだよい。この大きな王都には、従魔を使って大道芸を行ったり、貨物運輸を手掛ける者もいる。従魔を使って清掃業を営む者が出現してもそうおかしな話ではない。

目を瞠る点があるとすれば、その活躍ぶりだろう。

路地裏に放り出された廃棄物の処理はもちろん、井戸の清掃、道路の清掃、暖炉の清掃、とにかくありとあらゆる案件を格安で引き受けている。いつもならば清掃業者にも断られるような悪条件の案件でも片っ端から引き受けてそれをこなすという働きぶり。王都で話題にならないはずもない。

〝屍肉漁り〟。

貪欲になんでも引き受けるそのやり口を揶揄した渾名である。

だが、しかし。

意外にもこの噂の当人であるアシュレイは、さほど忙しくなさそうであった。むしろ彼は優雅に暮らしているように見える。

というのも、いつ何時も彼は本を読んでいるだけであるからだ。従魔にあれこれ命令して、そのあとは日がな読書、読書、そして読書。日の明るいうちから外に出て、椅子の上でずっと本を読んでいる。時々思い出したように手記を取っては、そのまま別の本、また別の本と読書を繰り返していくだけ。

どんどん積まれていく本の山。それはもう舌を巻くほどの集中力であったが、これは清掃に勤しんでいる男の姿ではない。

『薬草と風土』『漂流島開拓記』『偉大なる海賊たち　～海を支配する荒くれ者、頼もしき護衛～』『村から産業が育つまで』『リーグランドン王国法　税制編』『リーグランドン王国法　商法編』

……などなど。

王都の本を片っ端から読みつくすつもりなのか、とにかく彼の読書量はすさまじいものになっている。どこまで真剣に目を通しているのかは分からないが、通読した書籍数だけで言えば、もはやそこいらの生半可な司書官では太刀打ちできないぐらいに彼は本を読んでいた。

内政官の一人は、この主人あって従魔ありだな、とぼやいていた。どちらも非常に貪欲である。本は読みつくす、廃棄物は食べつくす、見ていて惚れ惚れするぐらいである。やはり従魔は主人に似るのかもしれない。

結局、アシュレイ少年への恩賞は適切な評価となった。恩賞を下げるには、功績が多すぎた。だが財務都合上、恩賞金を大きく切り下げて、金以外の方法による補填がなされた。

すなわち王家の所有する遊び地の譲渡であった。

プロローグ2〈内政の準備〉

PROLOGUE 2

55日目

士爵に任命された決め手は、我が儘王女のゼリー様のお気に入りだった首飾りを見つけたからであった。

これにとても感激したゼリー王女殿下たっての希望で、爵位を叙任するという話になったのだという。

ちなみに叙任式は開かれず、書面での通達になるという。感謝されてるのかされてないのか、よくわからない扱いである。

(爵位なんて貰っても、ありがた迷惑なんだけどな。金さえ貰えたらそれで十分なんだけど)

領地持ちの貴族でも、直ちにその土地に向かわなくてはならない、というわけではないらしい。

しばらく王都でゆっくりしていても問題はないそうだ。旅支度も必要なので、お言葉に甘えて王都にしばらく滞在することにする。

そもそも、士爵や准男爵のような位の低い貴族といえば、文官として働く宮廷貴族が多い。領地持ちの士爵、准男爵は結構珍しい。

任された土地も、開墾がほとんど進んでいない土地で、誰も管理していないのだという。つまり、どうでもいい土地なのだ。

　急いで領地に向かう必要はない。

（近くに山と海と森があるが、それだけだ。もしもダンジョンが見つかれば荘園としての価値は高くなるんだけどな。いや待て、本当にないのだろうか、これぐらい広かったら一つぐらいあってもおかしくないと思うが）

　地図を眺める限り、領地としてはさほど悪くなさそうな土地のように思われたが、そうではないらしい。

　もう少し本腰を入れて調べてみるとすぐわかった。

　どうやら、潮風がきついため塩害がひどく、作物を育てるのに向いていないらしい。

　その上、魔物が多く生息しているため、人が安心して生活できる環境ではないのだという。

　じゃあ海を活かして交易路にすれば、という話になりそうだが、不運なことに海賊も水棲魔物も棲み着いている。

　挙げ句の果てに、なんと、過去に疫病が流行った曰くつきの土地でもある。

　つまり完全な遊び地なのだ。

　多少は資源が眠っているかもしれないが、それよりも遥かに開拓にかかる負担のほうが大きい、と分かりやすい話であった。

（……まあいいや、試しに内政ごっこやってみようかな。ちょっと興味あったんだよね、領地経営。採算が立たなくなりそうだったら領地ごと王家に返上してしまえばいいし）

貴族としての出世に全くこだわりが無い俺は、気楽なことを考えていた。

56日目～89日目

内政に興味はあったけど、かといっていきなり領地経営というのも心の準備ができないものである。なので、あの手この手で王都からの出発の日を引き延ばした。

やれ、まだ下水道の清掃が完遂していないだの。

やれ、まだ王都の住民たちから引き受けた清掃依頼が残っているだの。

やれ、まだ荘園経営のための勉強が不十分だから王都の図書館で勉強したいだの。

とにかく使える方便は全部使って、ひたすら時間稼ぎをすることにした。

結果。

下水道に棲息していた魔物が夜中になっても全然外に出てこないぐらいに数を減らしていた。

王都の井戸は全部綺麗になり、外延区にある手付かずだった巨大なゴミ溜めもあらかた片付いてしまった。

そして、王家からの厚意で、荘園経営の勉強のため図書館から本をいくつか写本してもらって、貸与してもらうことも許可されるようになった。

（いやありがたいけど、そういうことじゃねえんだよ!!）

王都に滞在し続けるための言い訳が徐々になくなってしまい、ちょっと苦しくなってしまった。

王都にいる人たちからは相変わらず感謝されているが、徐々に「なんでこの人領地に行かないんだろう……？」といった空気を醸し出されて、何となく気まずい空気になっていた。

90日目～103日目

そろそろ冬が近づいてきたので、「いやあ生憎の季節ですね！　雪があると交通も不便ですし、越冬してから領地に向かいますね！」と宣言する。とりあえず、これで三ヶ月は時間が稼げた。

それに、王命である下水道の清掃が完遂していない、という言い訳をこれでもかとばかりに振りかざした。

王家からの勅命なのだから誠心誠意打ち込ませてほしい、と熱心に頼み込んだわけである。一年かけてでも綺麗にしますと約束した。王家からは感謝半分、呆れ半分に承諾を貰った。

要するに、好きにしろ、ということらしい。

（こうしている間にも、スライムが成長しているのを感じる。もしかしたらもう、下水道に棲み着いている魔物はあらかた食べつくしちゃったかもしれないな）

本当に食いしん坊のスライムである。

並外れた食欲と消化速度。これはもう、よく食べるとか元気旺盛とかそんな範疇ではない。

底なしの穴のようなものである。

もし仮に、このスライムが王都そのものを食べ始めたとしたら。

いったい何日で王都は食べつくされてしまうのだろうか。

（……いや、変なことを考えるのはよそう。とりあえず、冬を越す前にいろいろと身支度しなきゃな）

スライムとの魂の結びつきが、日々強くなるのを感じ取る。

今までスライムを数え切れないほど召喚してきたが、これほど魂の結びつきが強くなったことはなかった。

下水道に棲み着いている魔物たちの大半を難なく平らげてしまったこともあるし、もしかすれば、このスライムは相当強い魔物なのかもしれない。

104日目～161日目

王都全体の臭いが随分と落ち着いてきた。冷静に考えると、これはとんでもないことである。

何せ、都市とは臭うものなのだ。

家畜を飼う者や醸造屋などは、路地裏にゴミを捨てて野ざらしにするし、住民たちだって便壺に溜めた屎尿を平気で路肩に捨てる。

これでも、石畳と下水道が発達したおかげで、衛生はましになった方なのである。

とはいえ、それでも臭うものは臭うのだ。王都で香水が流行っているのも、街の臭いが鼻につくから、というのが一つの要因でもあった。

それが、ここ最近は街の臭いが落ち着き始めたのだから、すごい話である。

(うちのスライムが、王都のあらゆるゴミを食べているからだろうな)

冬というのもあるだろう。一般的に冬はゴミの排出が少なくなる季節である。加えて気温が下がって、ものが腐りにくくなる時期でもある。

およそ半年かけて王都は、みるみる清潔になった。

162日目〜189日目

いい加減、王都を出発しないといけなくなってきた。

冬も越してしまったし、旅支度は順調に進んでいるし、王都のゴミ掃除も一段落してしまったし、正直、これ以上王都に居座る口実がなくなってしまったのである。

もちろん、このまま王都に居座っても悪くはない。

毎日ゴミはひっきりなしに発生しているので、スライムに食べさせる餌に困ることはない。

多分、無理やりごねたら、まだまだ王都に残ることはできるだろう。

「でも、人生で一度ぐらい、領地経営に挑戦してみてもいいよな……？」

出発を思い立ったのにも理由がある。

日頃からゴミ収集を頑張りすぎてしまったせいか、あんまりお金を貰えなくなってしまったのだ。

最初の頃は、ゴミ溜めを綺麗に平らげたら周囲の飲食店や宿屋から心ばかりの謝礼金を貰うことができたし、井戸水を綺麗にすれば、周囲の住民から心づけを貰うことができた。

決して多くない金額ではあったが、「ゴミ掃除だけずっと続けても何とか生活できそうだな」と思う程度の、生計をぎりぎり立てられそうな金額を貰えていたのだ。

それが最近、どうにも当たり前のことになってしまったのか、謝礼が支払われなくなったのだ。

つまりタダ働きである。スライムの餌やりも兼ねているので、タダでもいいといえばいいのだが、ちょっと損している気持ちにもなるというものだ。

「王都にもうちょっと残ってもいいんだけど、タダ働きはちょっとなあ」

思い立ったが吉日である。

そもそも、旅立つ準備はこれでもか、というぐらい十分に済ませていた。今まで踏ん切りがつかなかっただけである。

目指すは遥か西の辺境の地、バスキア。聞いたこともないような土地の名前だったが、気持ちは不思議と晴れやかであった。

幕間　かつての英雄パーティの女騎士の独白

INTER LUDE

変わり者の召喚士、【顔面塞ぎのアシュレイ】といえば、若くして白銀級の冒険者となった青年である。

英雄パーティ【希望の懸け橋】の一員として、長らく活躍を陰ながら支えてきた功労者。主には雑用係で、時には〝相性のいい魔物〟を嵌め殺して始末する仕事人でもある。

（あのアシュレイが、【希望の懸け橋】から除名処分になるなんてな……）

かつてのアシュレイの活躍を知る仲間たちは、追放処分に苦々しい思いを抱いていた。仲間たちは、誰一人アシュレイに抜けてほしいとは考えていなかった。【希望の懸け橋】のメンバー五名は、残り一人のアシュレイを含めた六人組で、これからもずっと冒険を続けていきたいと思っていた。

追放処分を決めたのは、冒険者ギルドである。アシュレイには実力が足りていない、これ以上強力な魔物の討伐は危険、パーティレベルと本人の強さに乖離が出始めており【希望の懸け橋】の足を引っ張っている……という判断だ。ギルドの主張は明確だった。要するに、【希望の懸け橋】にはもっともっと危険な魔物をたくさん討伐してほしい、だから足手まといは切りたい、ということだ。

（アシュレイにしかできない仕事はたくさんあった。あいつのスライムの運用方法は独特だ。だが、ギルドにはついぞ認められることはなかった）

スライムしか召喚できない落ちこぼれ召喚士。

ソロ活動時も、ろくな魔物の討伐実績を出していない。

パーティでの活動時も、強力な魔物と戦う時に限って、討伐貢献査定にあまり関与できていない。

要するにアシュレイは、現状の査定方式にまるっきり向いていないのだった。

アシュレイのスライム運用方法は、まさしくその二つ名に恥じぬものであった。

寝ている魔物の顔をスライムで塞ぐ。暴れて引きはがそうと試みても、鼻と口から無理やり入り込み、気管支を通じて肺を塞ぐ。そして、そのまま死に至るのを安全な遠くから待ち受ける――というもの。あまりにも残忍で、それでいて効率的な魔物の退治方法である。

とはいえ、この方法はかなり魔物を選ぶ。

このやり方の欠点は、眠らない魔物の顔面を塞ぐのは途端に難しくなる、大型の魔物の場合は顔を塞ぎ切るのが難しくなる、肺活量がある魔物の場合は肺から息を絞り出してスライムを押し出されてしまう、そもそも海の魔物などには通用しない、常時燃えている魔物などの場合スライムが顔に張り付く途中で死んでしまう、など、数を挙げると結構ある。そして強い魔物ほど、すんなりスライムでやられてくれないことが多い。

決まったときはかなり優位をとれるのだが、それ以外の強敵相手にはあんまり通用しない。

それがアシュレイの戦い方である。

(魔物退治だけじゃない。あいつは本当に以心伝心、上意下達が如くスライムを操るんだ。なのにスライムだからということでみんなアシュレイを馬鹿にして、正当に評価していない……！)

荷物の運搬も然り。

長期間の野営で体臭がひどくなったときもスライムに身体を綺麗にしてもらって、周囲の魔物に匂いをたどられないようにしたり。

砂漠を通るとき、スライムを頭にのっけて、フェイスベールのようにスライムを垂らして砂塵から喉を守ったり。

スライムの運用方法がずば抜けて自由。それがアシュレイの真の強みなのだ。

しかし、アシュレイはそれを周囲にひけらかさなかった。常識外れの発想力と高度な魔物操作こそがアシュレイの持ち味であり、だからこそ、その秘密が周囲に露呈してしまうと、アシュレイの強みがなくなってしまう。それをよく知っているから、アシュレイは秘密にした。冒険者ギルドにいまいち強みが伝わらなかったのも、それゆえである。

結果としての追放処分。確かにアシュレイは徐々にパーティについていけなくなっていたが、それにしても追放だなんて評価が低過ぎる。

「……そういえばアイツ、こうなりゃヤケだ、スライム娘を嫁にしてやる、とか言ってたな」

【希望の懸け橋】のリーダー、女騎士シュザンヌ・ヴァラドンは、かつての相棒が言い残した不穏な台詞を思い出して、あいつどうしてるんだろうなあ、と遠くに思いを馳せていた。

閑話：アシュレイのメモ

◎辺境の地バスキアについて：

位置：

・大陸の西の果て（大陸西方にあるリーグランドン王国の真西部分）。

地形：

・山と海と森がある。

・大した地図がない。

※地勢調査や生態調査の記録ぐらいもう少し残っていてもいいと思う。

住民：

・村が一つしかない。

・石器時代のような生活をしている農耕民しかいない。

・過去に大量の難民をそこに放逐したという経緯あり。

※文明的ではなさそう。

農業：

・ほとんど開墾されていない。

・潮風がきついため塩害がひどく、作物を育てるのに向いていない。

※詳細調査が必要。重要度高。

商業：

・なし

・流れて来る行商人から物を買う程度。

※詳細調査が必要。重要度高。

治安：

・魔物が多く棲み着いている。

・海賊が多く住み着いている。

・野盗が多く住み着いている。

※相当悪いと思われる。王都の難民区域どころではない。

その他：

・過去に疫病が流行ったことがある。

※衛生管理にやや懸念あり？

過去調査記録：

・山も森もあり、ちょっとした資源ぐらいなら産出できそうな場所ではあるが、魔物や野盗がうじゃうじゃと棲み着いており、道の整備、中継街の設置、販路の構築、治安維持のための兵士の常備費用……など踏まえると、開拓費用に見合わないと判断されて放置されている。

・バスキア付近を牛耳る大規模海賊である「ヴァイツェン海賊団」「メルツェン海賊団」の二大海賊に私掠権を認めて、湾岸部分に限定して彼らに治安維持および商業船護衛を委託するほうが安上がり（内陸部はもはや無視していい）とまで判断されている。

・周囲を治める四男爵「アルチンボルト男爵」「ボッティチェッリ男爵」「デューラー男爵」「ブオナローティ男爵」も領地的野心を掲げて併呑しようとはせず、むしろ押し付けあおうとしているぐらいの不採算領地。

・野盗たちや海賊たちが、王国政府の威光のほとんど届かないこの地で人身売買や密輸を行うこともしばしばあった。

概括：

・資源はちょっとありそうで、誰かが苦労して開拓してくれたらぼちぼちおいしそうな領地に化けそうでもあるので、王国中央としては誰かに開拓してほしいと思っている。

・治安がクソ。終わっている。

EPISODE 1

第1話 クソバカでもできる雑内政（地勢調査・土壌の掘り起こし・巨木や岩石の運搬）

208日目

馬車に揺られ続けて二週間。馬車で通れる道がなくなってからは、歩き続けて数日ほど。ようやくたどり着いた大陸西の土地バスキアは、びっくりするぐらい何もなかった。田舎どころではない。ど田舎だ。

「……どうやら、本当に村が一個しかないようだな」

手帳を眺めながら、俺は嘆息した。王都の本で得た情報通りである。

かなり有り体に言えば、難民が勝手に住み着いているような村である。

辺境ともなれば国境に砦や見張りをつけるはずなのだが、幸いこの辺りは隣接している国もない。

そのせいか、そもそも王国の領地、という認識さえあるか怪しい。王家の支配がバスキアには行き届いていないし、行き届いてなくても特に問題がないのだ。

「村長、めっちゃ威圧してきたし……仲良くなれる自信がねえなあ……」

この地一帯を治める村長（アドヴォカートという名前らしい）からは、かなり面倒くさそうな態度を取られてしまった。

そりゃあ今までバスキアに領主なんていなかったんだから、寝耳に水もいいところだろう。

今まで何も問題なく回っていたところに、突如見知らぬ人が「私があなたの支配者です」なんて顔で来たら当惑するに決まっている。

険しい顔をした中年の村長、アドヴォカート氏は終始渋い表情を浮かべていた。

（まあ、私たちは私たちで勝手にやるんであなたも好きにしてくださいよ、なんて言われちゃったしなあ）

先程の会話を思い返す。

『なるほど、あなたが新しく着任される領主様ですかな。申し訳ないですが、ここは誰の支配も及んでいない未開拓地ですゆえ、王国からの指図は受けないと思ってくだされ』

『ご覧の通り、ここは何もない村。名前さえありませぬ。バスキアの地にあるので、仮に小バスキアを名乗っております。我々の生活に関知せぬ範囲であれば、どうぞ好きになされよ』

と、まあこんなもの。

要するに、俺たちの邪魔はするなよ、ということだ。

こんなもん内政もクソもない。指示系統が機能してない。こうならないために、普通は厳つい軍隊が必要なのだ。ひょろい召喚士一人とスライム一匹の挨拶じゃ、領主としての威厳なんて示すことができようもない。

はっきり言って、俺は舐められているのだ。

けんもほろろとはこのことである。

とぼとぼ帰路につく途中、隣でスライムが、気遣わしげに俺の様子を窺っていた。

だが、俺はというと逆に吹っ切れていた。

どうぞ好きになされよと言ったのだ、じゃあ好きにやってやろうじゃないか、と。

209日目～230日目

バスキア開発計画が開始した。

といっても最初は地味なものである。

近辺の森の調査。

近辺の海の調査。

近辺の山の調査。

実質、スライムと散歩するだけの毎日である。

散歩にしても、アホほどでかい巨木や岩石を持ち運んでくるとか、そんなことしかしてない。

だが、これが大事なのである。

(……こいつ、凄く便利なんじゃね？　なんでも恐ろしい速度で食うし、重たいものでも平気で運んでくれるし)

——クソバカでもできる雑内政。

第一は周囲の調査、第二はやたらでかくて重いものを運ぶこと。

どっちもやっておいて損することはない。

村長のアドヴォカート氏にはあまりいい顔をされなかったが、遊び惚けているわけではなく、あくまで調査であると説明して納得してもらった。

ひたすら周囲を散策し、重いものをやたらめったら運びまくって、領主着任後の一ヶ月弱は過ぎていった。

231日目～248日目

村の生活は、実質石器時代の農耕民、といった方が適切だった。

これは仕方がないことである。村長の責任ではない。むしろ村長のアドヴォカートはよく切り盛りしている方だろう。

今までろくな領主もおらず、ろくな交易網もなく、ただ単に難民たちが寄り集まっただけ。

そんな状態では、いきなり文化的な生活が出来上がるはずもない。何せ、ここは王国の貨幣さえろくに使えないのだ。

バスキアというのは、もはやほとんど陸の孤島のような場所なのだ。

こんな場所でもなんとか生活を回せる程度に村を運営できているあたり、アドヴォカート氏はきちんとしている。

（とりあえず、土地の掘り起こしをスライムにやってもらうか……）

スライムに命じて、掘り起こしも兼ねて地面を食べてもらうことにした。

こうやって命令一つ出しておけば、あとは放置しておいても勝手にいい感じに、土をもっそもっそ掘ってくれて、ついでに大きめの小石、雑草、塩気の強い表土を食べてくれるのだから、ありがたい。

つくづく思うが、うちのスライムは優秀である。

そもそも、人の手が入っていない未開拓の土地というのは、とても硬い。あちこち植物の根っこが張っているため、それらを切断しようとするとかなりの重労働である。

加えて、この周辺の土地は慢性的な塩害に悩まされている。潮風のせいなのか、ここバスキアは大地の表面の塩分濃度が高くなっており、植物の生育に悪い。

であるならば、いっそスライムに土地の表面を食べてもらって、塩分濃度の低い土を掘り起こす、というのは一応理にかなった話である。

（……よしよし、村人にちょっとだけ感謝されたぞ）

村の人からは、面倒くさい土の掘り起こしを勝手にやってくれたと思われたのだろう。別に敵対しているわけじゃないので、これぐらいの融通はいいだろう。

スライムもスライムで、たくさん餌を与えてもらって嬉しいのか、さっきからずっともっそもっそと地面を齧っている。

徐々に、一つずつ前進する。

まだまだ先は長い。内政というものは一日にして成らないのだ。

相変わらずクソバカでかい岩と巨木を村に運び入れつつも、徐々に広がっていく耕地を目の当たりにして、俺は満足感に浸るのだった。

第2話　輪栽式農法・落とし穴・岩の道具加工

EPISODE 2

249日目〜268日目

新たに開墾（かいこん）した土地を使って、輪栽式農法の研究を始める。

これは王都の近くで行われている近代的な農法であり、有名なものとしては小麦↓カブ↓大麦↓クローバーの四圃（ぼ）式が挙げられる。

内容を要約すれば、カブとクローバーを栽培（さいばい）し、これらを餌（えさ）として活用することで家畜（かちく）の飼育数を増やしつつ、家畜の糞（ふん）を肥料にして穀物生産も増産させる、というものだ。加えて、輪作の効果によって連作障害を防ぎ、さらにはマメ科植物の窒素（ちっそ）固定により土壌（どじょう）を改良できる、といった利点もある。

（スライムに土地の表面を食べてもらえるのはとても大きいな。土地を耕す労力を、ほとんど考えなくていい）

土地を鍬（くわ）や鋤（すき）で耕すのには意味がある。

耕すという行為（こうい）は、土壌を膨軟化（ぼうなんか）させつつ作物の地下部分の生育を助け、また生育しかけた雑草を埋（う）め殺すという役目をもつ。

そして、カブのような根菜類は利用部分が地下に存在し、地下部分を生育させなければならないという特性がある。草丈も低いため、雑草に対しても弱い。

だからこそ、根菜を植える際はわざわざ手間をかけて土を掘り起こすのだ。

だがこの労力は、ほとんど無視できる。

なぜならスライムが土地の表面をもそもそと食べることができるから。

(好き放題にやらせてもらっているけど、村の人は誰も俺を止めないな。まあ、村の人の農業を邪魔しているわけじゃないし、今のところは放置してるんだろうな)

果たして、結果が出るのは何年後になるだろうか。

カブもクローバーもこの辺に自生しているわけではないので、最初の一年は苗や種子の取り寄せからスタートとなる。

それに、カブやクローバーが風土や気候にあうかどうかも確かめなくてはならない。クローバーに関してはあまり心配していないが、カブは結構デリケートな野菜である。

新たな土地を耕しつつも、合間を縫ってせっせと集めた岩と巨木が、それこそ山のように積みあがってきた今日この頃。

俺の頭の中にあった領地改革が、徐々に形になりつつある。

だが、まだまだ俺は、内政で突っ走ってやると心に決めていた。

269日目〜281日目

森の道中に落とし穴をぼこぼこと掘りまくる。これは、イノシシなどの害獣が村に襲い掛からないようにするための工夫である。村を守るための目的が主だが、もしもここに獲物が引っかかってくれたら儲けものだ。

ということで、スライムを使役して、クソバカが穴を掘りましたってぐらいに大量に落とし穴を作った。人の手でやろうと思えば気の遠くなるような重労働だが、スライムはそれを難なくやり遂げてくれた。むしろ、たっぷり地面を食べることができて喜んでいるぐらいであった。

そうしてたくさん落とし穴を作った後に、村の猟師に罠の位置を伝えると、半分呆れられつつも半分感謝された。

（そりゃまあそうか。害獣除けとはいえ、魔物の通る道が変わってしまったら猟師としても困るものな……）

次は事前に猟師に話を通しておこう、と当たり前のことに気付き苦笑いする。だがまあ、魔物がわんさかいるこの地においては、こういった罠はあればあるだけいいだろう。

事実、罠を仕掛け始めて早々、何匹かの間抜けな魔物は罠に引っかかり始めていた。

村を襲う害獣駆除もできて、魔物の肉にもありつける。これで村の食糧状況はちょっと改善するであろう。

282日目～357日目

うなるほど調達できた巨岩を湯水のごとく使って、村の古い設備や道具を一新する。

半ば腐っているような木の床は、石畳に。

粘土で作られたぼろぼろの机や椅子は、石の机と椅子に。

小麦を挽くための石臼や、洗濯に使う平らでつやつやした丸石、建物の柱――とにかくスライムの力を使って、ぼろぼろのものを片っ端から石材に置き換えた。

ここにきて、村人からの感謝はうなぎ上りになった。

最初の方こそよそ者がきた、という程度にしか扱われていなかったが、みんなの日用品やらを刷新すると、手のひらを返したように感激してくれた。

『なるほど、流石は領主様ですな。今後もぜひそのお力を我が村にお役立てくだされ』

と、村長のアドヴォカート氏からはちょっと腹の立つ褒められ方をしたが、まあよしとする。

スライムを成長させるついでの行動なので、そこまで頓着はない。

俺の方が偉いんだぞ、なんて業突く張ったところで、得をするわけもなし。

(そんなことはまあいい。どうせ俺はスライムを育てたかっただけなんだし、内政は趣味だし)

うちのスライムの何が凄いかというと、石の表面を好きに加工できるところだ。

石の表面を研磨するのは、とても労力がかかる。石臼にある溝の加工だって簡単ではない。だがうちのスライムは、とても器用に細工を施すことができた。滑らかにするのも溝を作るのもお手の物だった。どういう原理なのか気になって、前回まじまじと観察してみたのだが、多分〝齧って〟いる気がする。きゅりきゅりと奇妙な音を立てながら〝齧り〟、そしてじゅぶじゅぶと表面を舐めるようにして〝研磨〟しているように見える。大したものである。

（食べさせれば食べさせるだけ、どんどん器用になっていくな、こいつ）

成長している。以前よりもますます、魂の結びつきが強化されていくのを感じる。

使役獣が成長すれば、使役する者も成長する。魂の結びつきを通じて魔力が増大するからだ。

とはいっても、もう俺はこのスライム以外の魔物を召喚することも使役することもできないのだが——より強くなることに越したことはない。魔力の成長する感覚、これぞ魔術師の喜びってやつだ。まだまだ俺は魔術師の頃の気持ちを忘れていないらしかった。

358日目

夜も深くなった頃。

スライムが構ってほしそうだったので、寝台に一緒に寝転がって、いくつか子守唄を歌った。各地に伝わる御伽噺、それを歌にしたもの。

かつての仲間だった吟遊詩人から教わった歌。だが、記憶も曖昧で、大まかな話の筋しか覚えていない。しかも眠さで頭が回らない。口から出る歌もぽつぽつと途切れがちになっていく。

（……そういや、子守唄なんて歌うの初めてだな）

徐々に意識が微睡みの中に溶けていく。途中、きゅうきゅうと謎の鳴き声が聞こえた。何なのか全く分からなかったが、ひょっとしたらスライムが、俺の子守唄の真似をしているのかもしれない。

あまりにも下手でつい笑ってしまった。

その日は、母に子守唄を歌ってもらう夢を見た。懐かしい夢だった。

第3話　用水路工事・山の掘削・道の舗装

EPISODE 3

359日目〜411日目

水車や風車が欲しいところだが、村に一人も技師がいないので作れなかった。村長のアドヴォカート氏にも相談してみたが、過去に同じことをやろうとして失敗したらしく、「やるなら止めませんが、期待なさらぬよう」とあまり気乗りしない様子であった。

それなら俺が頑張るしかないと、スライムに指示してそれっぽいものを作ってもらったが、石材と木材を無駄にしただけで終わってしまった。

川の水は緩やかすぎて水車をまわすほどの力はなかったし、自分で作ったなんちゃって車輪はやたらと重すぎた。どうしても水車を使いたいならば、引っ張ってくる川の水の量を増やす他ないだろう。

(川を灌漑工事するか。水が土にしみこぼれるともったいないから河床を石で敷き詰めよう。そして脇を石垣で固める。そして、山から流れる水の量を増やして、勢いを強くして……)

気が遠くなりそうだ。まともに取り掛かったら何年もかかりそうな、大掛かりな工事である。

(面倒くさいし、俺が寝てる間にスライムにやってもらおうかね)

長年観察していて分かったことだが、スライムは睡眠をほとんど必要としない。普人族より睡眠がごく短いのか、日光やらマナやらを浴びたら勝手に元気になるのか、はたまた食事をすればそれで活力を得るのか、原理はよく分からないが、とにかくスライムが眠っている姿を目撃した者はいない。

ということで、スライムには俺が寝ている間に「でっかい石を集めてこい」「上流から順番に、河床に石畳を敷き詰めてこい」「川の水があふれそうになったら脇に石垣を作れ」という単純な命令を遂行してもらうことにした。

一応、この水路整備が成功すれば、村の人たちもたくさん水を使えるようになるはずである。途方もない労働力が必要だから誰もやってこなかっただけである。起きてる間は俺の仕事を手伝ってもらい、寝ている間の暇な時間でやってもらうので労働力の観点でも効率がいい。

時間をかければいつかこのバスキアは、水を潤沢に使えて、かつ水車の動力を有効活用できるような豊かな村になるかもしれない。

412日目～466日目

山や森に罠を仕掛けるついでに、山を掘ろうと決意した。

「石炭や鉱物が見つかっても、我が村では誰も加工できませんが？」

と村長のアドヴォカート氏は眉を顰めていたが、それでも俺は山を掘りたいと思っていた。

石炭があるかどうか、鉱石が見つかるかどうかはどうでもいい。そもそも、村にも鉱山掘りに詳しい奴なんて一人もいない。資源なんて見つからなくてもよくて、ただ掘りたいのだ。少なくとも掘れば石材はたくさん出てくる。

なのでとりあえず、スライムに「山を適当に掘ってくれ」「いい感じの塊とかが見つかったら村に並べてくれ」と命じておく。

（うちのスライム、本当に何でもやってくれるなあ）

最近分かったことだが、いっぱい食べて成長したおかげか、うちのスライムは身体をとても長く伸ばせるようになった。

それこそ、村の端から端まで身体を伸ばして、重いものを運ぶことができるぐらいになった。

そればかりでなく、身体を切り離して、分離することもできるようになった。一匹で複数の仕事をこなせるのだ。

これは非常に便利である。

とはいえ分離体は、核をもたないので、複雑な命令はこなせないし、あんまり長く切り離すと何にもできなくなってしまうので、都度都度本体に戻す必要はあったが。

それでも大きな進歩ではあった。

簡単な命令だったら半ば勝手に実行してくれるのだから。

（洗濯してくれって命令したら、勝手に服の汚れを食べてくれるしな。これが何気に便利なんだよなあ）

どんどんスライムが強くなっていくのを感じる。契約した当初と比較すると、数十倍ほどに魔力が膨れ上がっている気がする。このスライムは本当に底が見えない。

（このままの勢いで、いつか擬人化してくれないかなあ……なんてな）

さすがにそれは無理だろうか、と我が相棒のスライムを腕に抱えながら、俺は肩をすくめるのだった。

467日目～511日目

この勢いでいっそ道も作ってしまえばいいのでは、と思いつく。

やり方はいつも通り、スライムに地面の表面を食べて平坦に均してもらって、石畳を敷き詰めるだけである。

手始めに、荒れっぱなしの道を整備して、隣の領地までの道を敷き詰めることにした。道路は大事。本で読んだ知識である。

一応、隣の領地のアルチンボルト男爵には、伝書鳩で書面を送っておいた。

『道を作るので、お金を少し出してほしい。嫌なら通行税はうちが全額回収して、利権はすべてバスキア領のものになる』

我ながらめちゃくちゃな要求である。勝手に道を作る計画を立てておいて、勝手に金を無心するなんて一方的すぎる。

だがまあ、貴族社会なんて案外こんなものである。そもそも呑んでもらうつもりもない。別に向こうは無視しても損をするわけでもない。黙殺するかどうかは向こう次第である。

正直、俺が勝手に作れる道なんて大したことない。王国法には、『一定以上の長さ・大きさの道は、王家に報告の上で作ること、また王家と税を折半すること』なんて決まりもあるのだ。

バカでかい道をつくるなら王家に許可を取る必要がある。

きっとアルチンボルト男爵も、俺の作る道なんかに興味なんてないだろう。

（後で、アルチンボルト男爵と交渉して、『そちらはお金は出さなくていい、徴税はバスキア領が行うが通行税はお互いに合議で決める、向こう五年はバスキア領はアルチンボルト領からやってくる通行には税を課さない』ぐらいの条件で妥結しよう）

ここバスキアは、土地だけは広いので、他にもあと三つの領土と接している。ボッティチェッリ男爵。デューラー男爵。ブオナローティ男爵。

それぞれの貴族たちに向けて同じような書面を送りつけて、俺はあとはほったらかしにしておいた。

根回し？　興味もないし面倒くさい。そう伝えると、村長のアドヴォカート氏は目を丸くして「しょ、正気なのかこの人は……？」とぽかんとしていた。

第4話 輪栽式農業の悩み・領主代行・行商人との交渉

EPISODE 4

512日目～557日目

カブの生育についていろいろ試していたが、どうにもうまくいかなかった。

高温に弱く、涼しい気候を好むカブは、このバスキアの気候とも相性は悪くないはずである。しかし、虫害や疫病には弱い。いきなりよそからバスキアの土壌にもってきても、うちの土に馴染んでくれるまでは試行錯誤をするしかない。

今後の輪栽式農業の発展のため、カブを育てるための知見や経験はどんどん蓄積しないといけない。だが、残念なことに小バスキア村の住民たちは興味もなさそうであった。

将来的には輪栽式農業をバスキアの農業の主軸にするつもりである。なので、彼らにもカブを育ててもらわないといけないのだが、ほとんどみんな勉強してくれない。なんとも怠け者な住民たちである。

それどころか、勝手に苗を盗む不心得ものが何人かいた。酷い話である。本当にバスキアの治安は悪い。とりあえず領主権限を発動して、彼らを処罰しておいた。

処罰の内容は家財の没収、当然のことである。

（でもまあ、問題はそれだけじゃないよな……）

そもそもそれより前に、頭の痛い話がある。

カブの生育云々にも関わってくるが、まず潮風が緩やかに吹いているのをどうにかしないといけないだろう。

すなわち塩害に強い食物を作る必要がある。つまり品種改良だ。

（でも全くのゼロからそんなことをしてたら、平気で十年ぐらいかかってしまうな……）

手っ取り早くこの話を解決するのであれば、同じく塩害に悩んでる地域から、小麦や野菜を分けてもらうのが早い。歴史のある貴族が治めていて、過去に幾度と塩害を乗り越えてきた領地であれば、ある程度塩害の耐性がついている農作物を品種改良で作っているはずなのだ。その種や苗や株を育てて増やしたら、バスキアの農産業は今よりもまともになるだろう。

農業のコツは根気強く継続することである。今目の前の結果だけを追い求めるより、半分ぐらいは道楽気分で気楽にやったほうがいいかもしれない。

558日目～616日目

時間が経つのは早い。気が付けば俺もすっかり村に馴染んでしまった。

いまや領主というより、もはや村の仕事を手伝いながらご飯を恵んでもらってる居候の立場だ。

中々ひどい話だ、威厳がなさすぎる。

今日も今日とて、村で使う共用炊事場とパン焼き窯の構築に駆り出された次第であった。とはいえ、俺は隣で本を読んでいるだけであったが。

『全く若者とあろうものが情けない、仕方がありませんな。日々のご飯にありつけるだけでも感謝なされ』

とか村長のアドヴォカート氏がやたらめったら威圧的だったが、俺はもう心底どうでもよくなっていた。

実際、俺は仕事をしていないし、威厳なんて求めてもいない。

スライムにあれこれ命令を出して、あとは魔術書を読んで自己研鑽に浸ったりぐうたらしているだけ。正直に言うと、領地経営の面白い部分だけがやりたい。面倒なことはあんまりやる気がないのだ。

何となれば、村長を勝手に領主代行に任命して放置している始末。村長は村長で勝手にやってくれって話だ。

何だかもう俺は、領主というよりも、村のお困りごとを解決する便利な人、みたいになってる気がする。まあ別にいいのだが。

閑話　バスキアの巨大荘園邸宅について

IDLE TALK

『ご覧の通り、ここは何もない村。名前さえありませぬ。バスキアの地にあるので、仮に小バスキアを名乗っております。我々の生活に関知せぬ範囲(はんい)であれば、どうぞ好きになされよ』

かつての村長アドヴォカート氏がそう言い放った時、住民たちはいい気味だとくすくす笑った。

中央から突然(とつぜん)やってきて、ここを管理しますだなんて言われても、そんなもの知ったことではない。威厳(いげん)のない線の細い少年がここを取り仕切るだのなんだの宣(のたま)ったところで、真剣(しんけん)に取り合うだけ無駄(むだ)というもの。——ところが。

本当に好きにしました、とばかりに、クソでかい領主邸宅がでんと目の前に出来上がったときには、それはもう住民たちは目を丸くするしかなかった。

いわゆる大荘園邸宅(カントリー・ハウス)や荘園邸宅(マナー・ハウス)と呼ばれる代物(しろもの)。士爵(ししゃく)ごとき木っ端(こっぱ)貴族が構えるには分不相応に過ぎる建物でもある。

竣工(しゅんこう)僅(わず)か一年。驚異(きょうい)の速さ。小丘と外壁型(モット・アンド・ベイリー)の城塞(じょうさい)も顔負けの竣工の速さである。

否(いな)、実際はもっと短い。二週間で出来上がって「何か気に入らないな」と改築しては潰(つぶ)し、改築しては潰し、と繰(く)り返して今に至る。石工が聞いたら背筋に寒気が走るような話であろう。石造りの城といえば年単位で慎重(しんちょう)に建築する代物なのだが、この領主ときたら、まるでお遊びのようにあっさり作り上げてしまった。

住民たちは唖然(あぜん)とする他なかった。

この領主邸宅、端的に表現すれば、〝とにかくでっかい〟に尽きる。

非常時に備えて、小麦やら木材やらを備蓄する倉庫があるのはわかる。だがしかし、こんな辺境の地なのに、政治的利用のための多目的用途の大広間が用意されているのは不可解でもある。作れるから作った、みたいな適当さでそこに出来ている。冗談みたいな話であった。

そして、それを「大きすぎるから縮めるか」「やっぱり元に戻すか」なんてやっている。荒唐無稽とはこのことである。

使われている石材は、全部その辺のでっかいだけの石。だが、いずれも見事に磨き上げられ、内装は色や模様があたかも大理石の内装をあつらっているように見える。使われている花瓶や調度品も、いずれも石材。全体の調和が何とも素晴らしい。

そして、建築構造を何度も弄りまわして、自然な採光にこだわったこの邸宅は、見る者を呑み込むような迫力を持っていた。

かかった費用はなし。スライムの餌やりのついでに出来上がった邸宅。領主のアシュレイの趣味が反映されて、書斎が三部屋もある不思議な造りであった。

この領主邸宅が現れて早一年。何度も姿形を変えつつも、そこに悠然と存在しているこの邸宅は、すっかり住民たちにも受け入れられていた。バスキアの地の新たな象徴。何もない田舎であることをしばし忘れさせてくれる、そんな邸宅がそこに生まれていた。

伯爵が住んでも十分お釣りがくるぐらいの館です――。旅の人からそんな話を聞いた住民たちが、領主の破天荒さに呆れ返ったのは言うまでもないことであった。

第5話 道の舗装と用水路工事・通行税・野盗狩り

EPISODE 5

617日目～652日目

ふらりと流れでやってくる行商人と物々交換を行う。

とんでもなく足元を見られている気がしたが、ろくな交渉術も持ってない俺が立ち向かえるはずもない。割高の価格とは知りつつも、衣服やら道具やらを仕入れる他なかった。

幸いこちらには、恐ろしくツヤツヤになるまで磨いた石がある。石造りの食器、額縁、壺、その他の調度品を、うなるほど作り上げていたところなのだ。交渉では敵わなくてもこれがある。

『まあ他の街で売ってみなよ。うちの調度品はかなり高度な工芸品だから、高く売れるぞ、何となれば、バスキア領主のお墨付きと言いふらしてもらっていい。領主直営店の由緒正しい品物なんだ』

バスキア領主のお墨付き、新進気鋭のブランド『アシュレイ工房』の日用品。

これを「最初の一年は出血大サービス、大赤字覚悟でたくさん売りつけてやるよ」と言い交わして、行商人にしこたま売りつけた。

向こうもまあ、ちょろい商売だと思って買ってくれたに違いない。

（いやあ、本当に立派な館を作っておいて良かった……）

行商人との交渉がうまくいったのは、屋敷のおかげといっても過言ではない。

俺の住んでいるお洒落な屋敷に、行商人が呑み込まれてしまったのだ。

分離したスライムたちに、せっせと作ってもらった石造りの大きな屋敷。

建築法なんてよく知らないし、建造物の強さなんてわからないので、とりあえず「クソバカでかい白っぽい石を積みまくって、柱たくさん作りまくって、二階を作ると怖いからとにかくほとんど全て一階建て、二階は単に柱に支えられただけの手すり付きの空中廊下」とかいう、クソバカの作った豪華絢爛な館にしたのだ。

大体全部つやつやなので、大体全部綺麗。

絵も鎧も何も飾ってないが、全部石造りで統一された上品な調度品が得も言われぬ品格を醸し出していた。

あたかも、全部を大理石で拵えてあるかのように錯覚してしまう。

この館にあるのと同じ調度品を物々交換します、なんて言われたら、並大抵の行商人なら「高級品」だと思ってくれる。

実際は適当に山から拾ってきた石で作った、タダ同然の代物なのだが。

(お互いにいい商売になったと思うぜ、行商人さん。アンタの腕次第で、そいつは高く売れるはず。これからもどんどんやってきてくれよ)

せいぜい、俺の代わりに『アシュレイ工房』のブランドを喧伝して回ってほしいものである。

653日目～691日目

川の灌漑工事と、アルチンボルト領ならび他領への街道の工事は、順調に進んでいた。

特に、道の工事については、思ったより簡単に舗装できた。

仮に道づくりを人の手で行う場合、穴を掘って、道の邪魔になっている大きめの石や木や障害物を取り除いて、石畳を敷き詰める、と根気のいる作業となるが、一日中寝ずに作業できるスライムにとってはお茶の子さいさいであった。

さらに、重い石畳でも簡単に運べるし、穴は地面を食べるだけで簡単に掘れるし、足場の悪い雨天でも、猛暑の日でも、真っ暗な夜間でも、関係なく淡々と作業を進めてくれるのだ。

気がつけば、もう完成間近である。

あとは、重い荷物を載せた馬車が通っても石畳が沈まないか、実験で確かめるだけである。

(そういえば、道はもう200日以上も工事してるのか……)

川の灌漑工事に至っては、300日以上だ。

時間をかけたおかげで、ほとんど要望どおり、立派な用水路が出来上がりつつあった。村の人たちも、以前より潤沢に水を使うことができるようになり、さらに川まで水を汲みに行く手間が省けて、非常に喜んでいた。

(スライムがどんどん成長して、いつもより分裂できるようになったから、工事の進捗がどんどん早くなるな)

核を持っているスライム本体は、いつものように俺の膝に収まっている。こいつも気ままな奴で、俺が本を読んでいたら引っ付いてくるし、俺が昼寝をしていたらお腹の上に勝手に乗ってくるし、かと思えば昆虫を追いかけて遊んだりしている。これでもたくさん分裂して、分離体たちを自由自在に操ってたくさんの仕事をこなしているのだから、なんとも頼もしいやつだ。

そんなことをぼーっと考えて、ずっともにもにスライムを揉んで遊んでいたら、変なところを触ってしまったのかびくんと跳ね上がり、そのまま逃げられてしまった。スライムもちょっと焦るんだな、と俺は妙な学びを得てしまった。

692日目〜714日目

アルチンボルト男爵ら四領主との交渉が、ようやく程よいところに落ち着きそうであった。

『アルチンボルト領、ボッティチェッリ領、デューラー領、ブオナローティ領、およびバスキア領間の道路の利用における条約』より抜粋すると、

・道路の工事費については、バスキア領からの持ち出しとなる。

・道路の通行税については、道路の工事費用の回収、および道路の保全維持のため、バスキア領が通行者から徴収する。

・道路の通行税の金額については、バスキア領、アルチンボルト領、ボッティチェッリ領、デューラー領、ブオナローティ領、それぞれの領主の話し合いにより決定する。

・道路ができて八年は、アルチンボルト領、ボッティチェッリ領、デューラー領、ブオナローティ領、のいずれかの領地からバスキア領へとやってくる通行に対しては、通行税を徴収しない。
・通行税を納めたものは、馬車を利用できる。

この条約に隠れて、馬はアルチンボルト領、馬車はボッティチェリ領から借り受けて、レンタル料代わりに通行税の一部を彼らに納めるという形に落ち着いた。

馬車は自分で用意してもよかったが、道路の通行者が増えれば増えるだけ、アルチンボルト家もボッティチェリ家も儲かる形にしたかったのである。

早い話が、人がたくさんバスキア領を行き交うようにしたかったのだ。

(これで放っておいても、バスキアは交易が増えて発展するはず……)

仕組みを作るのは楽しいことである。それも、放っておけば勝手に儲かるような仕組みであれば、なおのことであった。

715日目～758日目

早速、問題が発生した。道行く行商人が襲撃されてしまったのだ。

端的に言えば、バスキアの治安が悪すぎるのである。

(そうか……海には海賊がいるけど、陸にも野盗がいるんだな……)

盗賊が潜んでいる。知識として知ってはいたが、早速お出ましになるとは思っていなかった。

それも、話にならないぐらいたくさんいる。すべてはバスキアという無法地帯が生んだ悲劇だった。

バスキア領の歴史からひも解くと、そもそもこの地に住み着いている人たちは、王国から追放された難民である。

大陸中の迷宮（めいきゅう）から魔物（まもの）があふれ出る大災厄（さいやく）——魔物暴走（スタンピード）が起きたのが五十年前。人は辛（から）くも魔物の進行を押（お）しのけた。

だが、魔物が残した爪痕（つめあと）は大きく、結果として難民が多く発生した。

当時の王国の取った措置（そち）はずさんだった。

バスキアに難民を捨て去ったのは、その中でも飛び切りの愚策（ぐさく）だった。

『疫病（えきびょう）が流行（はや）ったせいで、手に負えないまま放置した結果、魔物がたくさん残っていて手つかずの土地がある』

『そうだ、難民にその地を与（あた）えれば、勝手に開拓（かいたく）してくれるのではないか』

難民はただでさえ食料を食いつぶし、国庫に負担をかける。

だから、手つかずの土地に置き去りにして捨て去ってしまえばいい。

そんな、無責任な宮廷（きゅうてい）貴族の判断によって、バスキアに難民が運ばれて、そのまま置き去りにされてしまったのである。

結果としてどうなったか。

難民のほとんどが、野盗化したのだ。

（魔物に食われたのが大半。野盗になったのが一部。残りの一部が、寄り合って村をいくつか作り上げた。……だが、今日の今日までうまくいったのは、小バスキア村の一つだけ）

考えられうる限り、最悪の結末である。

となると話は一つ。やらねばならないことができてしまった。

（野盗狩りするしかないよな）

――これは調査してから分かったことだが、当時、バスキア領の付近に生息していた野盗集団は、野盗というより〝戦闘(せんとう)の心得がある、故郷をなくした少数民族たち〟と表現したほうが近かった。大陸中央部に見られた盗賊集団とは違い、バスキアの地の野盗たちはそのほとんどが少数民族の寄り合いであった。

そもそもこの時代、戦争による物資不足や魔物の大規模襲撃などから、しばしば民(たみ)たちは食糧(しょくりょう)不足による飢(う)えに苦しんでおり、結果、野盗行為(こうい)は自然発生的にちらほらと起こっていた。

ひどい例を挙げると、領地をもっている騎士(きし)でさえも野盗行為に走るという事例もあったほどである。

戦時には傭兵(ようへい)として戦い、平時には強盗(ごうとう)を行って生計を立てる騎士――俗(ぞく)にいう〝強盗騎士〟である。〝フェーデ〟と呼ばれる決闘(けつとう)の権利を濫用(らんよう)し、決闘に勝利したから物資を強奪(ごうだつ)する、なんて無茶苦茶なことを行っていたのだ。

もちろん、王国ならびに諸大国はこのようなフェーデの濫用を法で規制しているものの、完全な根絶には至っていない。

飢えれば奪う。そんな単純な弱肉強食の原理は、まだこの大陸に色濃く残っている。

そんな昨今のご時世で、大陸最西部の僻地に追放された流民たちが、弱いままでいるはずもない。

中でも『ケルシュ族』の一味は、非常に精強な集団だった。

彼らの名前はこの地では広く知られており、このバスキアの海を支配している凶悪な海賊たちでさえも一目置くほどの狩猟一族だったとされている。

過去、行商人たちの依頼によって討伐隊を差し向けられたことがあったものの、『ケルシュ族』を筆頭とするこの地の野盗たちは、それら討伐隊を何度も撥ねのけてきたのである。

特筆すべきは、その一族を率いる娘——ケルシュの姫、ケルン。

精強な『ケルシュ族』を率いる、うら若き少女。一族の中で最も弓矢の扱いに長けた、視野の広い狩り上手の乙女。彼女の統率のもと、『ケルシュ族』は非常に多くの魔物を仕留めてきたとされている。

（……奴を捕まえることができれば）

俺は、思わず口元が持ち上がるのを止められなかった。やりたいことは山のようにある。人手はいくらでも欲しい。そしてそれが有能な人材であれば尚更のことであった。

第6話　周辺の拠点調査・野盗の捕縛

EPISODE 6

759日目〜801日目

野盗対策を行うとしても、中々悩ましいものがある。

道の脇に兵士を配備するのは、コストがかさみすぎる。

かといって、野盗たちに賞金をかけて冒険者に討伐させるにしても、事実確認の方法が難しいので、虚偽申告が山のように出てくるだろうし、そもそも賞金の元手となる資金があまりない。

（……道の脇にある茂みとか障害物を取り除くかあ。道の脇の視界を開けさせて、どこにも野盗が潜んだりできなくすれば、襲撃もやりづらくなるだろう）

野盗の手口は主に、茂みに潜んで通行する馬車を襲うという単純なものだった。

ならばそれを撤去すればいい。道の舗装工事の際に気づくべきことだったが、今さら仕方がない。

（ついでに野盗たちの拠点でも探すかな。夜中にスライムの分離体にあちこち調べてもらったら、候補場所は一気に絞れるだろう……）

もののついでである。周囲の調査もスライムに命じておく。具体的には火の燃え跡やゴミなど、人の生活していそうな痕跡を探し出せというもの。

野盗に勘付かれないよう、あまり深入りしないように調査をお願いした。

スライムにそんな器用な芸当ができるのかはわからないが、暗闇でも動けるし、物音もあまり立てないし、地面を這うように身体を伸ばせば背丈もほとんどないから見つかりにくい、と、隠密行動自体は得意だと思う。

あまり期待せず、時間をかけて何か見つかればいいかな、と呑気に構えておく。そもそも小バスキア村自体が襲われてるわけではないし、きっと村から距離があるに違いない。

802日目～841日目

何十日も周囲を探索すれば、なにか手掛かりのようなものは見つかるというもの。

早速、それらしき拠点をいくつか発見した。巧妙に隠そうとはしているものの、燃え跡やゴミは隠しきれるものではない。

だがしかし、拠点の情報が分かったとはいえども、野盗連中の拠点情報を他の領主にたれこむつもりはない。

「ここはいっそ、うちの村に来ないか交渉してみるか」

普通、人が増えれば食料の確保がさらに困難になるというもの。

だが都合がいいことに、うちの領地の食料は少しばかり余裕がある。周囲の魔物がよく落とし穴にはまってくれるのと、農耕地を思いっきり増やしたのと、灌漑により水を安定して引いてこられるようになったのと、それらの要素が噛み合ったことによる結果である。

食料を備蓄するための石造りの蔵も増設したぐらいだ。人が少々増えたところで問題はないだろう。案の定、村長のアドヴォカート氏は思い切り大きなため息を吐いて「……反対するだけ無駄でしょう」と苦虫を噛み潰したような顔をしていたが、まあ、問題はあるまい。

(輪栽式農法の実験を続けるには、人手がたくさん必要だしな。家畜の世話も、スライムだけでは手に余る)

スライムに命じておけば、家畜が逃亡しないかの見張りや、畜舎の清掃はできるが、それだけだ。人手はいくらでも欲しい。魔物を追い払ったりできるぐらい腕の立つ人であれば、なおのことだ。

842日目～879日目

スライムの案内のもと、早速、彼らの拠点に足を踏み入れて野盗たちと平和的な対話を試みた。だが結果は散々なものだった。

「〝村にきて、農業に服務して年貢を規定以上に納めて、罪を償えば処罰はしない〟だと？　お前、何様のつもりだ？」

剣呑な表情を浮かべた少女に睨まれる。特徴的な服装をした、妙に殺気立った娘。おそらく彼女は、この野盗を従える偉い身分の者なのだろう。詳しくはわからないがそんな風格がある。

とはいえである。何様と言われても、領主なので仕方がない。それに、こちらの提案は常識的な範囲のものだ。

村に来て、一生懸命働くのであれば、罪には問わない。それどころか、衣食住を保証するのだ。破格と言っていい。

こんな、明日の食事も保証されない不安定な生活から脱出できるのだから、感謝してほしいぐらいである。

これがもし悪徳領主であれば、無理やりにひっ捕らえて奴隷にしていたかもしれない。

国に身分を保障されていない、戸籍も持たない犯罪者たち。これでは人身売買されても文句は言えない。

だが俺はあくまで良心的な振る舞いを続けた。だから野盗の連中に「ごちそうを振る舞うから村に来てくれ」と根強く交渉を続けた。

結果、「これ以上交渉する価値はない！　これでもまだふざけたことを吐かすなら、命はないと思え！」と息巻く連中に襲われたわけである。

（……敵うとでも思ってたのかねえ）

矢継ぎ早に飛んでくる短刀と矢。だが、それら全てが空中で静止する。

こちらにはスライムがいる。

ちゃちな飛び道具も、刃渡りの長くない刃物も、全部スライムが受け止めて、搦め捕ることができてしまう。

野盗崩れなんてのは、所詮たいした武器も持っていない輩だ。

だから、うちのスライムさえいればほぼ無力化できてしまえるのだ。

「！　一瞬で半壊……⁉」

「おっと、伏兵を潜ませていたようだが、そう簡単に俺は殺せないぜ？」

少女の動揺したような声色に俺は薄い笑みを返した。

なまじ連携を上手くとっているのが裏目に出た。野盗たちは、飛び道具で俺を攻撃するのと同時に、刃物で俺を仕留めに来た。抜かりのない手筈。だが、そのせいで少なくない人数が、俺の懐に隠れていたスライムに取り込まれてしまった。

これがもし普通の騎士や冒険者相手であれば、一瞬でケリがついただろう。しかし残念なことに、うちには規格外の従魔がいる。

俺の読み通り。このスライムがいれば野盗を全員強引にひっ捕らえるのはそう難しくない。

「ちぃ……っ！」

瞬間、少女は松明を投げつけて目くらましに出た。判断が速い。だが冒険者として幾度も戦いを潜り抜けてきた俺からすると、視野を奪ってくる行動はむしろ定石通りの一手。読み筋である。

耳を頼りにスライムをけしかける。人が地面に転倒する音。存外あっけないな、と俺は息を吐き――。

（！　違う！　天井か⁉）

――瞬間、俺は身をひねって回避した。空中で止まる短刀。次いでばちゅりと天井の何かをスライムが捕まえる音。

決着。

短刀は、難なくスライムが受け止めてくれていた。躱(かわ)さなくても身の危険はなかった。全くもって安全だった。だが俺は思わずにやける口元を抑(おさ)えられなかった。

「……ぎりぎり回避、ってところか。やるじゃないか」

目くらましまでは読み通りだったが、まさかこちらのスライムを一旦(いったん)回避し、天井から仕留めにくるとは想定外である。天井からの気配に間一髪(かんいっぱつ)で気付けたものの、それほど余裕のある勝利ではない。

戦闘(せんとう)からしばらく離(はな)れていた俺が鈍(にぶ)っていたのか。あるいは想像以上にこの少女の腕が立つのか。もうちょっと楽勝に制圧できると思っていたのだが、これは誤算である。嬉(うれ)しい誤算といってもいいかもしれない。

かくして。

領主単身＋一匹(ぴき)で野盗の根城に入り込んだ結果、野盗たちを根こそぎひっ捕らえることに成功したわけであった。

バスキアなんて、こんな辺鄙(へんぴ)な地方なんかに、立派な武器や防具を持っている野盗がいるはずもない。この付近で武器を調達できるはずがないのだ。

「もう一度言うけど、村に来て、農業に服務して年貢を規定以上に納めて、罪を償えば処罰はしない。いいね？」

ちなみに俺は、決していい領主ではない。無理やりひっ捕らえて奴隷扱(あつか)いはしないが、きりきり働かせるつもりではあったのだから。

第7話 村の拡張・少数氏族への仕事割り振り・施設増築と娯楽の提供

880日目～916日目

ここ一ヶ月は、野盗の拠点を荒らしまわることで一日が終わった。一番手こずったのはケルシュ族の連中であったが、他の野盗たちもそれなりに手強い連中であった。

そんなこんなで日が過ぎて。対話を重ねて知ったが、どうやら野盗らにも氏族があるらしい。彼らは野盗というより少数民族と表現したほうが適切だった。

だが、そんなことは土台どうでもよかった。俺にとってはこき使える連中、それ以上でもそれ以下でもない。貴重な人手。今のバスキアにとってはそれで十分。

とはいえども、これで村の半数が野盗の連中になってしまった事実は無視できない。

村の雰囲気は最悪であった。

野盗の連中を招き入れたことで、もともと村に住んでいた連中からの反発がものすごかった。盗賊は殺せ、といった声がたくさん上がった。彼らを恐れているらしい。まあ当然のことだろう。

（食料も豊富で食うに困らない環境、水も潤沢で快適な住宅も保証されている。この環境できちんと更生する奴がどれだけいるか、だな）

念のため、野盗の連中にはスライムを小さくちぎったものを飲み込ませた。

村の掟に逆らったとき、身体の中を食い荒らしてもらうためだ。

住む場所も明確に分けた。柵を作って、乗り越えたものは鞭叩きの刑に処すとお触れを出した。

ここまでしてようやく、野盗の連中は村に住むことが許された。

村に、というよりも正確には、村を拡張して新たな生活区画を作ったという方が正しいのだが。

それにしても、例の手ごわい少女、どうやら少数民族の姫様だったらしい。道理であんな妙な化粧を顔に施しているわけである。姫様があんなに強いのは、それはそれでどうかと思うのだが。

917日目～944日目

「野盗ではない、我々は誇り高きケルシュの一族だ。我々の住む森の近くを無断で横切った奴らから、食料を徴収していたまで」

「それを野盗というんだ。ここはリーグランドン王国で、チマブーエ西方辺境伯の監督下にある、バスキア領だ。そして俺はアシュレイ・ユグ・バスキア士爵。俺の領地にいる以上は、王国法に従ってもらう」

「ふざけるな！　我らを難民扱いして未開の地に投げ捨てた王国に、誰が帰順するものか！」

「知るか。どうしても嫌なら〝俺〟に従え」

ぎゃんぎゃん噛みついてくるケルシュの姫（ケルンという名前らしい）の頭を木板で叩く。この町の掟を書きこんだ木板。後で文字の読める奴にこれを回覧してもらわないといけない。

王国に見捨てられたから、その復讐だ。

住んでいる場所を無断で横切ってきたのは行商人たちの方だ。

生活するために仕方のない行動だ。

そんな言い訳を腐るほど聞いた。だが、そんなことは全部どうでもいい。

(そもそも俺も、王国に忠誠誓ってないしな)

ケルシュの一族、スタウトの一族、アルトの一族、とかそれぞれ氏族を主張していたが、彼らの主張はなあなあに聞き流しておいて、とりあえず衣食住と仕事だけは問答無用で与えておいた。

働かざる者食うべからず。それだけである。

輪栽式農業の研究。家畜の飼育。行商人から売買した積み荷の運搬。その他雑用の諸々。

思いついた仕事はなんでも任せて、俺の仕事をどんどん減らしていく。もちろん、最初はうまくいかなくて当然なので、人を育てるぐらいの認識だ。というか勝手に育ってほしい。

兎にも角にも、村の規模はどんどん大きくなりつつあった。

945日目～971日目

徐々に街道を通る行商人の数が増えてきた。これは今までの努力の結果でもあった。

野生の魔物たちは張り巡らされた罠のおかげで近寄らない。

このあたりを根城にしていた野盗たちは、俺がどんどんひっ捕らえて次々に服従させている(一番手ごわかったのはやはり『ケルシュの一族』であったが）。

その甲斐あってこの一帯は、昔よりも遥かに安全な場所に変わりつつあった。

人通りが増えれば自然と賑わいも増すというもの。

結果的に、うちの村はどんどん賑やかになっていた。

かつての村長アドヴォカート氏が毒気を抜かれ「よもやこんな日が来るとは……」とひとりごちるぐらいには、バスキアの地は目覚ましい発展を遂げていた。

人が増えたので施設もたくさん増やした。

旅の汚れを落としてもらうため、公衆浴場を作った。

旅の疲れを癒やしてもらうため、宿泊施設を作った。

アルチンボルト領、ボッティチエッツリ領、デューラー領、ブオナローティ領、それぞれの領地の特産品を卸してもらい取り扱う直販店を作った。

娯楽も必要になるので、闘鶏やら的あて大会やら腕相撲大会などの催しごとを開いた。

賭博の胴元にもなれるので簡単に儲かるし、的あて大会は、弓の名手やら腕力自慢の人を探す名目にもなっている。

とにかく、少し前までは何もなかったはずのこのバスキアの村は、昔と比べると遥かに栄えた街になりつつあった。

（まあ、用水路の整備とか道路の整備に関しては王都以上だもんな……）

それもこれも、昼夜を問わず熱心に働いてくれるスライムのおかげである。街の工事はもちろん、深夜に動く怪しい人影をとっ捕まえたり、重いものを運搬したり、不衛生なものを処分してくれたり、とにかくスライム様々だ。

EPISODE 8

第8話 領主代行への裁判権委譲・魔物の飼育実験・弓の名手の召し抱え

972日目～988日目

人が増えるに伴って揉め事もたくさん起きるようになった。

村にもともと住んでいた住民。後からやってきた元野盗の連中。交易で行き交う人たち。文化も違えば考え方も違う。揉め事はしょっちゅう発生した（最近の例を挙げると、王国法では飲酒は十五歳以上とされているのに、ケルシュの姫がケルシュの一族のしきたりの一環で酒を飲もうとして揉め事になった）。

だが、俺はあえて放置した。

全部あの村長、アドヴォカート氏に任せたわけである。あの偉そうなおっさんにも、ちゃんと仕事をしてもらう必要があった。

俺の威厳は不要だが、あの領主代行のおっさんには威厳が必要である。複数の氏族を併合して人が増えてきた以上、統制を示してもらう必要があった。

こういった揉め事の頻発は、あのおっさんに威厳をつけてもらうという意味で、ちょうどいい機会でもあった。幸い、うちのスライムのおかげで殺傷沙汰になることはなかったので、今のうちに裁判の知見を蓄えていきたいところである。

(俺の場合、最悪スライムに頼ればいいからな)

まごうことなく、虎の威を借る狐である。

だが、無用な威厳はただ単純に言いなりの人間を増やしてしまうだけ。健全な行政とは言えない。

必要な時ににらみを利かせられる程度の力があれば十分なのだ。そして俺にはその力がすでにある。それも圧倒的な暴力だ。

(領主だし、得体の知れないスライムを使役できるし、俺に逆らう奴はそうそういないしな)

まあ、いるにはいるんだが。酒に酔って俺を侮辱したり喧嘩を売ってきたりする奴。

でも、そういう奴には痛い目を見てもらっている。裸で踊ってもらったりとか。

(……裸踊りがうちの村の名物になってるの、ちょっとよくないよなあ)

風の噂で耳にしたことなのだが、バスキアの裸踊り、とか言われてちょっとした名物のようになってしまっているらしい。領主としては微妙な気持ちである。

989日目～1026日目

バスキアの名産品は、今のところ石材とその加工品のみ。工芸品としては非常に高く評価されているが、それ一辺倒では物足りない。そう考えていた矢先のことであった。

「あ、魔物を家畜にすればいいじゃん」

今さら気付いてしまった。外部から家畜を仕入れなくても家畜は調達できるのだ。

一長一短ではあるのだが、魔物を家畜にすることはできなくはない。スライムをちぎって食べさせれば、反抗的な魔物でも無理やり抑えつけることができる。

片や何が短所かというと、通常の家畜より味も育てやすさも劣る点であろう。長い年月をかけて品種改良を行ってきた家畜のほうが、野生の魔物よりも当然食用に優れている。

だが、俺の直感が、魔物を家畜にするほうが儲かると囁いている。

すでに美味しい家畜を使った料理技術より、魔物の肉でも美味しくなるような調理方法が発展するほうが、ノウハウとしての質が高いはず。

それに、輪栽式農業と相性のいい魔物を見つけることができれば、未開拓の地に農業を広める一助にもなる。

ちょうど、周囲一帯の野盗たちを傘下に組み入れる作業も一段落ついたところだ。人手は少々余力がある。魔物を畜産する実験を行うために、新たにやってきた野盗らを使うのはうってつけと言えた。

(まあ、うちのスライムの力さえあれば、魔物の脱走なんて起きないんだし、ものは試しだ。魔物をどんどん捕らえて家畜にするかね)

そんな頼りになるうちのスライムは、今は俺の頭の上でうとうとしている。スライムにうとうとするなんて概念があるのか分からないが、時々バランスを崩して落ちそうになって、びくんと身を持ち直しているから、多分まあそうなのだろう。

1027日目～1029日目

射的の大会を通じて見つかった弓の名手を、村の召し抱えの兵士兼猟師に任命した。

ケルシュの一族から二人、村に元々住んでいた人から一人。

ちょうど村の猟師をもっと増やしたかったところだったので、渡りに船である。

（個人的には、村の防衛は村自身で行ってほしいから、弓の使い手を増やしたいんだよな）

遠距離武器といえば、他にも投石や投槍などがある。

その中でも弓矢は、矢筒があれば矢を何十本も持ち運べるという特徴を持つ。他の遠距離武器と比較しても、持ち運びが容易で、重さも比較的軽いのだ。

さらに弓は、矢を弦につがえた状態でも移動ができて、物陰に隠れたりしながら攻撃を放つことができるし、咄嗟の判断で狙いを変えられる。投擲の身振りが大げさになりがちな投槍などと比べると、弓のほうが防御面も小回りが利く。

なお、大型動物の狩りについては、槍の方が威力があるのだが、村の自衛が目的であれば弓でも問題はないだろう。

（あの姫様が一番弓矢の扱いに長けていたけど……流石に姫様を猟師にするのは無理だからな。命を落とされたらかなわん）

こぼれ話だが、実は射的大会で一番結果を残したのは、あのケルシュの姫、ケルンであった。だが彼女は一応少数民族を率いる族長のような立場であるため、猟師そのものになってもらうわけにはいかなかった。当然の話である。

なので彼女には、近い仕事として、森林監督・狩猟監督の業務（伐採申請の処理や森林資源の管理など、より実務に即したものになっている）に服してもらうことになった。

書類仕事を喜ぶ奴はそう多くない。ケルンもその例に漏れず、苦虫を噛み潰したような渋い顔をしていたが、適任の人材も他にそうそういるまい。

恨み言を適当にあしらいつつ、俺は面倒な仕事をまた一つ部下（？）に押し付けることに成功したのであった。

閑話：アシュレイのメモ 『好きになされよ』というので好きにした

◎辺境の地バスキアについて：

位置：

・大陸の西の果て（大陸西方にあるリーグランドン王国の真西部分）。

地形：

・山と海と森がある。

・大した地図がない。

※地勢調査や生態調査の記録ぐらいもう少し残っていてもいいと思う。

狩猟監督、森林監督の業務にケルシュの姫を任命し、少しずつ地形調査や生態調査の記録を進めることに。

住民：

・村が一つしかない。 大きな街が一つ、村が六つぐらいに増えた。

・石器時代のような生活をしている農耕民しかいない。

行商人経由で、大都市の流行の服などが後れて入ってくるように。釘やら農具やらも安定して入るようになり、日用雑貨類の修繕も村の工房で十分賄うことができるようになった。

・過去に大量の難民をそこに放逐したという経緯あり。

※文明的ではなさそう。

農業：

・ほとんど開墾されていない。 アホほど開墾を進めすぎて農民たちに怒られた。面積百倍はやりすぎた。

・潮風がきついため塩害がひどく、作物を育てるのに向いていない。

塩害については、土の掘り起こしや塩分の濃い表土の処理をスライムが行ってくれたおかげで、そこまで困ったことにはなっていない。生育はやや悪いが、スライムが虫やネズミを食べてくれるおかげで、虫害などには悩まされておらず、経過は比較的良好である。

輪栽式農法を試したが、全然いい結果が出ていない。まだ導入して二年程度だが、カブが土地にうまく馴染んでくれないことから、収量増加に寄与しているか判断しづらい。引き続き経過観察。

商業：

・なし

・流れて来る行商人から物を買う程度。

バスキア工房を設立。石工による調度品の輸出を中心に、日用雑貨、木工、鉄製農具の取り扱いなども手広く実施する。

街道の整備により物流が急激に改善。馬車隊も連日バスキアにやってくるように。

治安：

・魔物が多く棲み着いている。ほとんど掃討済み。

・海賊が多く住み着いている。

・野盗が多く住み着いている。ほとんど掃討済み。

※相当悪いと思われる。王都の難民区域どころではない。

その他：

・過去に疫病が流行ったことがある。

用水路を整備し、下水処理の問題、農業用の水利用、生活用の水利用を大幅に改善。疫病は今のところない。

過去調査記録：

街道整備以降、交易による利益が今のバスキアの収益のほとんどを賄っている。

・野盗たちや海賊たちが、王国政府の威光のほとんど届かないこの地で人身売買や密輸を行うこともしばしばあった。

逆に、密輸網をうまいこと利用して交易による利益を上げるつもりだったが、あまりにも急速に野盗たちを取り締まったせいで使えなくなったものが結構発生してしまった。

赴任後の概括：

その1：

・治安を脅かす魔物をほとんど一掃した。スライムのいい食糧になった。

・治安を脅かす野盗をほとんど一掃した。我が領地のいい人材になった。

・用水路の整備がほぼ完了した。水はたくさん使いたい。

・街道の整備がほぼ完了した。道路はどんどん整備したい。

・農業改善はまだまだ途中。農地拡大、害獣となる魔物の駆除、新たに魔物家畜化に向けた実証実験、などを進めている。輪栽式農法をはじめとした新農法の研究、塩害対策、品種改良などは継続課題。

・工房発足に伴い、石造りの調度品などを他領地に輸出して金貨を稼ぐことができるようになった。これを皮切りに、産業をどんどん発足させていきたい。

・そろそろ海賊掃討に手を付けたい。

・そろそろ資源開拓に手を付けたい。資源は探せばありそう、ということは当初から知っていたので、領地の経営基盤をこれだけ整備し終わった今なら、余裕をもって開拓できそう。

・最近、領主代行のおっさんにめちゃめちゃ怒られる。本を読んでサボりたい。ゆるくやりたい。

第9話 雑務の委任・沿岸調査・行政の新体制発足

1030日目~1068日目

とうとう川の灌漑工事がほとんど終わってしまった。そのせいで大量のスライムが手持ち無沙汰になってしまった。遊んでいる労働力を放置しておくのはもったいない話である。

それならば、とスライムには細かい仕事をたくさん与えた。

武具の研磨、手入れの仕事。

公衆浴場や宿屋などの掃除。

住民の衣類の洗濯。

いわゆる、バスキアの住民たちが日常的に行っている細かな仕事たちである。せっかくの機会なので、単純な肉体労働を積極的にスライムに明け渡すようにバスキアの住民の仕事内容の棚卸と整理を図った。

こうすることで、バスキアの住民にはより生産性の高い仕事を行ってもらう、という狙いがある。

たとえばバスキア領の調度品についていかにも芸術性の高そうな形状を検討してもらうだとか、細かい装飾の織物を手で作ってもらうだとか、スライムには到底できないような複雑な仕事で我が領地に貢献してもらうのだ。

（うちの領地はまだ産業が十分育ってないからな、単純作業に取られる時間をもっと地場産業の発展に回したい）

単純作業の手間の大幅な圧縮。何もないバスキアが、他の領地に追いつくための一手である。

だが、ここまでしても一つ問題があった。

今ある雑務をどんどんスライムに押し付けたところで、まだスライムには余力がありそうなのだ。どうにも川の用水路の工事は非常に大きな労働だったようで、それが浮いた分の穴が全然埋まっていないらしい。

こうなってくると、もっと大きな仕事を検討する必要がありそうである。

任せっぱなしにしても全然大丈夫な大掛かりな仕事、すなわち。

（……山の採掘を本気で行うか、そろそろ海賊を制圧するか、だよな）

1069日目～1092日目

バスキアには、いくつか漁村跡地がある。潮風がゆるく吹き付けるこの地では、農耕よりも漁業で生きていこうと考えるような人が現れても不思議ではない。そして実際、漁業で人が生計を営んでいたような痕跡が残っている。

例えば、塩田らしき跡がある。ぼろぼろになった家がある。打ち棄てられた船やら網やらがある。

そして、それらが廃れている理由は単純であった。

海賊である。

「海賊に襲われたか、もしくは自ら海賊になったか、だな。それにしてもひどいものだ、幽霊でも出そうだな」

海賊対策の第一歩。それは拠点の調査である。

沿岸近辺は非常に危険だと、領主代行のアドヴォカート氏やケルシュの姫ケルンに忠告されたが、結局俺は実地調査に赴いている。心配されるのはありがたい話だが、うちのスライムがいれば身の危険はそうそうないというわけだ。

「……どちらかというと、海の調査のほうが難しそうだな」

気がかりがないわけではない。スライムが海に入れるかどうかというと、ちょっと微妙なのだ。

過去の経験上スライムは海を避ける傾向が強かった。塩分が濃すぎるからなのか、はたまた強い魔物が棲息しているからなのか、過去に使役していたスライムはいずれも海に入ることを嫌悪していた。

一方、うちのスライムは命令すれば平気で入ってくれる。この違いはよくわからない。もしかしたら結構無理をして海に入ってくれているのかもしれない。

果たしてうちのスライムに、海に潜っての調査を命じても良いものだろうか。

(まあ、十分に育ったし、せっかく海を嫌がらないんだから、慎重に周囲を調査してもらえばいいかな……)

考えても仕方がない。嫌がらないのだから平気なはず、と楽観視しておく。

スライムに異変が起きたらさっさと切り上げることを前提として、海に潜っての調査を開始することにした。

1093日目～1165日目

じわじわと交易流通が増えて、街の規模が大きくなるに伴って、事務的な仕事が増え始めた。

なので適当にお手伝いさんを雇い入れた。

政務の面では、村長の補佐として、尚書、法官、財務官を任命する。

生活面で、執事、侍女、馬係も任命する。

特に、村長であるアドヴォカート氏や、もともと少数民族を率いる立場にあったケルシュの姫ケルンなどには、どんな政務官が欲しいか要望を聞いて、面談の真似事のようなこともやってもらった。

得体の知れない人間に仕事をさせても大丈夫か？　という不安はあったが、特に心配はなかった。

——スライムをちぎったものを飲み込んでもらえばいいのだ。

裏切れば死。実にわかりやすい誓約である。

(もし仮に、隣の領地から潜り込んできた間諜を間違って雇ったとしても、問題はない。裏切ったら死ぬんだし。だから俺は、有能かどうかだけ気にすりゃいい)

報酬もなるべく弾むようにした。

ここをあんまり渋っても意味はない。〝領主の味方に取り入ったら儲かるぞ〟ぐらいに思われた方がいい。

少々払い過ぎだとしても問題はなかった。彼らの金の使い道なんて、どうせ領地内で衣食住に費やすぐらいなんだから心配ない。領地内の経済圏で巡り巡るだけ。徴税すれば結局戻ってくる。

（さあて、任地についてまだ三年ちょっとだけど、形にはなりつつあるな）

ここまでは内政は順調であった。

だがこのバスキアの地は、まだまだ伸びそうな気がしている。せめて城下町ぐらいには発展させたいよね、という欲がむくむくと膨らんでいた。

ちなみに、交易が盛んになり始めたことで、嬉しいことが一つあった。そう、遠方から書物を取り寄せやすくなったのだ。わざわざ取り寄せる分、どうしても高価にはなるのだが、やはり知は力なりということで書籍にはお金を惜しまないつもりである。新しく雇い入れた家臣たちの仕事のためにも、書物は必要になってくるだろう。

書斎を増やすため、また館を拡張したいな、なんて益体ないことを考えながら、俺は今後に思いを馳せるのだった。

第10話 森と山の調査・ドワーフの発見・海賊の拠点の発見

EPISODE 10

1166日目～1201日目

山と森の調査・開拓が進むにつれて、いろんな情報が分かってきた。

この地への着任以来、スライムにずっと調べてもらっていたわけだが、おかげでバスキアの周囲情報がかなり判明した。

・キノコや薬草は潤沢にある。食用のものは少ない。
・森の浅いところは、葉の硬い木が多い。もう少し森の奥に入ると、堅果類の木が見つかり、実を焼き菓子などに使える。
・森に住んでいる野盗たちがいた（ほとんど併呑できた）。
・森に棲息している魔物は、イノシシ、クマ、シカ、ウサギ、ヘビ、カエル、ハチが多かった。
・森の中に恐ろしく汚い沼があって、ボウフラやらがたくさん棲み着いていたのでスライムに浄化させた。
・山からは火山岩らしきものがたくさん見つかる。
・山を地下掘りしていっても、たくさん懸濁液がでてくるわりに資源は乏しい。とはいえ資源を採取できなくもないので、スライムの力を使って採掘を続ける価値はまだある。
・山の洞窟には、ゴブリンやらコボルトやらがよく棲息している。こちらに襲い掛かってくるような凶暴なゴブリンやコボルトについては、何度も撃退して力関係を辛抱強く教え込んでいる。

スライムの力があれば、人間が調査するには危険な場所でも、ほとんど気にせずに調査ができる。凶暴な魔物も、極端な高低差も、足を取られる泥濘も、危険な地形も、ほとんどをスライムが丸ごと呑み込んで均してくれる。

加えて、である。

何よりも大きな収穫。なんとこの森の奥にドワーフが棲息していることが最近分かった。

（いやあ、まさかドワーフが集落を作っているとはね。彼らとはなるべく友好的な関係を築き上げたいんだよなあ）

人里まで流れてきたドワーフとかであれば、時々ちらっと見かけることもあるが、ドワーフの村落があるというのは非常に珍しい。国家に保護（という名の併合）をされていないドワーフの氏族は非常に貴重である。その分、凶暴で手に負えないほど危険、ということもありそうなので、ちょっとだけ警戒はするが。

よく知られた話だが、ドワーフは手先が器用で、工芸に長けているとされている。

もしも彼らにうちの住民になってもらえたら、工芸を一気に発展させることができるのではないか、とそんな下心が俺の中にある。

まだ訪問と挨拶を行った程度の間柄でしかないのだが、今後も仲良くなれるよう頑張りたいものである。

1202日目〜1243日目

この頃俺は、小バスキアの街の名産品作りに四苦八苦していた。

今のバスキアのご当地名物といえば石造りの調度品。だが、さすがに石造りの調度品一点張りでは、他の領地から金を稼いでくる力は弱い。

元手が全然かかっていないので十分に高利益を叩き出すうちの特産品の一つではあったし、ずっとバスキア領のブランド品として大々的に売り出しているので貴族社会への知名度も徐々に高まりつつある気配はあるのだが、それでも今のままだとたかが知れている。

であるから、何か他の商材も何とか作り出したいというのが今の実情であった。

ということで、いろいろ手を出しているのだが、あんまりうまくいってなかった。

発酵食品で何かいいのを作るか、と漬物やら干物やらやってみるも、あまり美味しくはなかった。

料理に力を入れるか、と思っていろいろ魔物を使ったジビエを考案してみるも、獣くさすぎてあんまり一般受けはしなさそうであった。

失敗作は全部、うちのスライムが喜んで平らげてくれるので別にいいが、名産品作りのためにご当地料理を生み出すという戦略は、もう少し時間がかかりそうである。

（だからこそ工芸品に力を入れたいんだけど、果たしてあのドワーフたち、俺の提案を受け入れてくれるかなあ……）

中でも、あのちんちくりんの少女みたいなドワーフ。ピニャ・コラーダとかいう名前だったか。背の低いドワーフの種族の中でもひときわ戯画的な見た目の娘であったが、氏族でも屈指の職人気質で、一番バスキアに興味を持ってくれたドワーフでもある。

果たして彼女は、俺の望むような工芸品を作ってくれるだろうか。

1244日目〜1281日目

海の調査の結果、海賊の拠点が徐々に絞られてきた。

というより、バスキア領に結構複数の海賊が住み着いていることが判明してしまった。

（王国もあきらめて、私掠船としての活動を許可しちゃっているもんな……）

王国の西部が今一つ栄えていない理由。

それは強力な海賊が住み着いているから。

大陸西の海を大回りする航海路を使うことができれば、他国との貿易も一気に開ける可能性があるというのに、王国はずっと陸路の交易と、飛行艇を使った空路の交易しかできていない。

ヴァイツェン私掠船団。

メルツェン海賊団。

はっきり言って、他の国さえも手をこまねいているほどの大海賊がなんと二つも。

その二つの海賊団が結託しているのだから質が悪い。

そして、そのどちらもがバスキア領に拠点をおいているというのが恐ろしい話だ。

王国の西部で、領主による支配が全然行き届いていない場所となると、まあ確かに一番条件がいいのはバスキア領になるのだが。

「どうするかな。野盗の時と同じように、うちの傘下に入る気はないか交渉してみるかね……」

我ながら、命知らずなことを言っている気がするが、案外ありかもしれない。

大砲による砲撃をスライムが受け止めきれるかどうか、という博打になってしまうが、それさえ受け切れてしまえば武力で勝てそうでもある。

そんなことをケルシュの姫ケルンに相談してみたが、「……好きにしろ」と存外そっけない。それは無謀すぎるだろ、とか正気を疑う、とかそんな言葉が来るかと思っていたのだが、拍子抜けである。

それとも逆に、もう俺が何をやっても驚かないということだろうか。

「……いいや、さすがにやりすぎか。スライムの護衛を付けた講和の使者を送り込む、というほうがまだ現実的かな」

海賊の討伐に手を付けるのは、今のところ保留である。しばらくは手紙を送り付けることに徹するほうがよいだろう。対話ができるのであれば、それに越したことはないのだから。

第11話　迷宮の発見・ドワーフへの鉱石類の進呈

EPISODE 11

1282日目～1311日目

社交界に全く顔を出さないためか、さすがに周囲の貴族に不審がられたりすることが多くなった。

今のところは、アルチンボルト男爵、ボッティチェッリ男爵、デューラー男爵、ブオナローティ男爵、ぐらいしか交流を持っていない。書面のみの交流を含めても、王国西方を広く支配するチマブーエ西方辺境伯と、王家ぐらいである。王家はともかく、辺境伯も相当偉い貴族であり、西方で貴族をやっていくなら仁義を切っておく必要がある相手である。

以上。

逆に言えば、必要最低限の貴族としか関わりを持っていないとも言える。

こんな調子で社交界にも全く出ていないので、俺は全然貴族と交流をしていない。というよりも、交流したくないというべきか。

面倒なしがらみが増えるので、変に顔を出したくないというのが本音である。

ただし、顔を出さなければ顔を出さないで、逆に面倒なことに巻き込まれることもある。

何を勘違いしたのか、大したことのない商会だとかどうでもいい弱小貴族から、縁談を申し込まれたりするのだ。

最近儲かっているから、ちょっと縁つなぎしたいというわけだ。

もちろん俺も士爵程度の木っ端貴族なので、そんなに贅沢は言ってられないのだが、どうでもいい縁談なんて何の実りもないわけで。

「……そろそろ社交界デビューするかねえ」

肩の上に乗っているスライムにそう尋ねてみる。だが返事は特になかった。何か勘違いしたのか、俺の頬にすり寄ってきてぷにぷに俺の頬で遊んでいる。全然質問の意図が伝わっていなかった。

社交界への進出、とはいってもダンスはできないし、ふさわしい服も全然持っていない。

第一、社交界に入ったところで特に情報交換したい相手もいないし、つながりを強くしておきたい貴族もいない。

別に社交界に参入しなくてもいいのではないか、なんて疑問が頭をよぎったが、海賊退治に向けたいい助言をもらえるかもしれないと思い直して、やはり社交界にいったん出ておくかなと腹を決める。

（……恥かいてなんぼだな。田舎貴族と思われてもいいや。というか、いっそ平民丸出しで出ていくか）

もちろん今度いい機会があれば、の話である。今度チマブーエ西方辺境伯が大きな催しを開いたら、挨拶を兼ねて顔を出しにいくのがいいかもしれない。

1312日目～1366日目

なんと、山の探索中に洞窟迷宮を発見してしまった。これは衝撃的な情報であった。

迷宮について説明すると、魔力の歪みが原因で生じる現象の一つであり、平たく言えば「魔物や資源が湧き出る場所」である。

その濃密な魔力の作用ゆえか、外観と内部構造につじつまが合わなくなっており、明らかに外観よりも拡張されて広くなっている迷宮、なんてものもざらに存在する。

ちょっとでも扱いを間違えると魔物の大群暴走を招く危ない代物だが、上手に管理すれば資源を無限に生み出す、まさに金の卵を産む鵞鳥でもある。

そのため、どのような迷宮であっても発見次第、報告を地方伯と王国に届け出る必要がある。届け出なければお家取り潰しもありえる大罪となってしまう。これは当然のことである。魔物の大量発生を招く危険性、巨万の富を産出できる可能性、どう考えても王国や有力貴族が放置するはずがない。

（でも士爵程度の貴族じゃ、どう転んでも迷宮は取り上げられてしまうよな……）

有力な貴族たちは、迷宮を『領地荘園』として管理している。自主経営権が認められるのは少なくとも伯爵位になってから。

子爵や有力男爵ぐらいでも、もしかしたら、どこか有力な貴族とかとの共同開拓権は認めてもらえるかもしれない。

（……王国にとりあげられないように、うまいこと考えるか）

ますます社交界に出て、政治力を高めないといけなくなってしまった。厄介な話である。

とはいえ発見してしまったものは仕方がない。放置するのも勿体ない。とりあえず先行調査といった名目で、迷宮の安全調査と開拓に取り掛かるのだった。

1367日目～1411日目

いままで散々山を掘り進んできた過程で出てきた、綺麗な結晶やら色つきの岩石。

これらは現在、街に作った倉庫にごろごろと眠っている。

たくさん蓄えられたこの鉱石類を、「たっぷり余っているから、よかったらドワーフに進呈したい」と持ち掛けてみると、彼らに驚くほど喜ばれた。

橄欖石、斜方輝石、単斜輝石、角閃石、磁鉄鉱、石英、黒雲母、白雲母、斜長石……鉱石の種類は無数にある。

これらの斑晶が偶然大きく成長したものを、スライムは綺麗に選り集めることができた。

火山の噴火で地面に出てきたマグマが冷えて固まり、火山ガラスと斑晶の入り混じった岩石になる。だが火山ガラスは比較的早く風化が進む。

そしてスライムは、大きく育った斑晶部分をうまく残して、風化した火山ガラス部分を綺麗に食べてくれるのだ。

普通であれば、ハンマーで叩いたり岩石を割って取り出さないといけないのだが、スライムの手にかかれば、ほぼ無傷で取り出せるのだ。おかげで品質の高い斑晶をたくさん得られた。

　そうして得られたものをバスキアの職人たちに加工してもらったわけだが。

「へ〜〜？　……下っ手くそ〜〜。加工試作品がへたっぴのだめだめ。劈開のない翡翠や石英の研磨技術はそーとー高いけど、劈開特性のある原石の裁断ざっつ〜〜。しかもぉ、切子面の加工が普人族だから力足りてないじゃん？　ローズカット？　クラウンのファセットちょっと歪んでるぅ、おっかし〜〜？　鏡面反射つけるなら、キューレット小さくつけたほうがきれいだよぉ？　うふふ、でも原石の傷を少なく採ってきたのは、いい子いい子だねえ。ピニャうれしいな〜〜」

　ドワーフの職人ピニャは、俺の持ち込んだ結晶の質の高さに、先ほどから興奮していた。

　技術に関しては非常に厳しい指摘が続いたが、こんなに前のめりになって具体的な改善指導が入ったことは今までなかった。それだけ興味を持たせることに成功したのだろう。

　教えを請うにあたって、大きな前進である。

「ほほう、我がバスキア領の職人たちが腕によりをかけて作った試作品よりも、上手に加工できるってのか？　無理しなくていいんだぜ、おチビちゃん」

「くすくす。変なの〜〜？　そうやって挑発しちゃってぇ、背伸びなんかしちゃってぇ、可愛いんだあ。そーだねえ、もーっとたくさん石をくれるなら、よわよわな普人族のお兄さんたちの代わりに、お仕事を教えてあげよっかな〜〜？」

　この職人の小娘、やたらと挑発的な口調に目を瞑れば、指摘している内容は結構ためになることが多い。根はしっかりとした一流の職人なのだ。俺はこのピニャというドワーフに好感を抱いていた。

（うちには工芸の技術がほとんどない。交易が増えて商業が盛んになったおかげで、木工とかの簡単な技術職人がちらほら生まれ始めたけど、所詮はその程度だ。だから是非ともこの機会に、なんとかドワーフたちに工房を構えてほしいんだが）

話は順調に進み、とうとうドワーフの集落とうちの街との交易が始まった。友好の第一歩である。

この調子で、ドワーフだけじゃなくてどんどん仲良くできる勢力を増やしていきたいところであった。具体的には、森に住まうエルフの氏族とかが狙い目かもしれない。

第12話　教会への応対・ミミズの有効活用の検討

EPISODE 12

1412日目～1466日目

この大陸には複数の宗教があるが、中でも一番影響力を持っているのは〝白の教団〟であろう。大陸中央に総本山が存在する〝白の教団〟は、大陸全土にその教えを広げている。その格式たるや、国王の戴冠式でも白の教団の枢機卿がそれを執り行うぐらいに、公的に重んじられている。

その白の教団の一つである、セント・モルト白教会から手紙がきた。

最近の俺の活躍ぶりやバスキア領の活況を褒めたたえるような辞令が並べてあったが、要するに内容は「あなたの領地に教会を作らせてください」というもの。

（教会か……敵対しあうのは嫌だし、かといって金の無心をされるのも嫌だな……）

しばし考える。教会と懇意にするのはメリットも多い。

特に、大陸にまんべんなく広がる白の教団とパイプができるのは非常に強い。一般に、修道院や教会は伝書鳩を飼っていることが多く、大陸中に教会を有している白の教団は、大陸中の情報が集まる組織だといってもいい。

どこそこで戦争が起きそうだ、とか、あの貴族が結婚した、とか、そんな何気ない情報を聞き出せる相手はいつだって欲しい。

それに教会は、孤児を預かったり、貧民のために炊き出しを行ってくれたり、文字のわからない人たちに聖書の読み聞かせをしてくれるなど、社会福祉への貢献活動も実施してくれる。冠婚葬祭の儀式を任せたり、新生児への洗礼も実施してもらえる。墓の管理も押し付けられる。半ば倫理観の崩壊しているこのバスキアの地において、教会の力をうまく借りることができれば、きっと多大な恩恵があるだろう。

（よし、大層立派な教会をつくってドカンと街に建ててやるか）

ちょっとした嫌がらせを思いついた。

想像以上にうんと立派な建立物を用意してやるのだ。それも、並の修道者や助祭では釣り合わないような格調高い作りにする。これで、司教クラスの人に来てもらうのだ。

きっとここに赴任した聖職者は、この地の有り様に絶句するだろう。

綺麗に舗装された道路に、王都並みに発達した用水路。貧民街並みの住民の道徳意識。いびつすぎる産業。魔物の畜産化や、無理やり進めている輪栽式農業。変なことばかりしているのに、なぜか飢饉になっていない豊かな食状況。

挙げ句の果てに、元野盗の連中が併呑されているという驚異的な事実。

冗談みたいだが、全部本当のことである。いつ暴動が起きてもおかしくない。

もしこれで、一回でも飢饉やら疫病が流行ってしまったら、民心は一気に領主から離れていくだろう。

そんな危うい環境でありながらも、司教を赴任させなくてはならないとなれば、きっと教会もまともな司教はよこさないだろう。そこに付け込むのだ。

（すぐに金と利権で腐らせて、ずぶずぶの関係になってやろうじゃないか）

金で操れる相手であれば、金で操ってやるのがいい。どうせ、そんなにお金は使ってないのだ。治水工事にも、領内施設の整備にも、治安維持にも、周辺調査にも、ほとんどお金はかかっていない。大部分がスライム任せ。

それならもう、「金さえ積めばいろいろ融通が利きそうで、都合が悪くなれば首を挿げ替えることもできそう」なしょうもない司教に来てもらいたいのだ。

（神のご利益よりも利益が欲しいんだよ、俺は）

1467日目～1491日目

この頃になって、海賊の連中から「いい加減にしやがれ！」と返事が来た。

２００日近く一方的に手紙を送りつけていたので、そろそろ鬱陶しくなってきたのだろう。

もちろん毎日ではなく、一週間に一通ぐらいの頻度。手紙の文面も、領主代行か尚書の人に書いてもらったので、俺は正直、大した労力をかけていない。

だが、それでも受け取る側の海賊にとっては結構煩わしかったのかもしれない。

返事は「貢物をよこせ」とか「子分になりたければ言うことを聞け」とか、とにかくバスキア領主である俺に対して散々な内容の手紙だった。なのでこれを証拠として、領主侮辱の罪にあたるとか諸々、罪をでっち上げた。

要するに、海賊討伐の名目を作ったのである。

（とはいえ、まだ手は出さない。領主侮辱は船の差し押さえ、とか財宝没収、とかとにかく挑発しまくってやる）

海から発射した大砲の届く距離は、最大で３００メートルぐらい。魔術師による砲撃が届く範囲もせいぜいその程度。全然バスキアの街には届かない。

夜襲がきても問題ない。うちのスライムが夜に街をうろつく怪しい連中を問答無用でひっ捕らえているので、どうせ海賊も大したことはできないだろう。

（で、先に向こうに手を出させておいて、いかにもバスキア領は困っています、という顔をしつつ、辺境伯とか周囲の貴族を巻き込んでやろうかね）

１４９２日目～１５２７日目

迷宮の調査と開拓の結果、なんと山の迷宮には多数のミミズの魔物がいることがわかった。

ミミズといえば、土壌改良のために働いてくれる益虫として知られ、さらには魚を釣る餌にも適した生き物である。

（でもうちの場合、スライムが同じような働きをしてくれるからな……）

生ごみを堆肥にしてくれる分、ミミズの方がやや優秀かもしれない。

だが量をこなせないし、細かい命令は出せないし、何より完全な支配下に置くことができないので、残念ながら当面ミミズは餌としての運用しかできなさそうである。

基本はスライムの餌。時々、魚釣り用の餌。

こう見えてミミズは、たんぱく質やミネラル、コラーゲン、ビタミンなど、栄養価豊富でもあるので、料理に使うのもアリかもしれない。

掻っ捌いた後、内臓とドロを掻きだして、塩をかけてよくもみ洗いすれば臭みも抑えられるだろう。

(ほかにも迷宮からは、キノコの魔物や、魔石結晶やらがたくさん見つかったし、引き続きスライムには頑張ってもらおうかな)

もちろん、キノコの魔物の方が料理にしやすそうではある。だがミミズの魔物の方がたくさん見つかるので、並行してミミズ料理の研究も進めるべきだろう。

もちろん、バスキアの住民たちはミミズなんてあまり食べたくなさそうであったが、そんなことはどうでもいい。

物言いたげなアドヴォカート領主代行、ケルシュの姫ケルンをよそに、俺はミミズをおいしく調理する方法を研究するように臣下に通達するのであった。

1528日目〜1556日目

スライムがまた最近成長したおかげで、まだまだ仕事ができそうなので、どうせなら塩田を作ろうと思いつく。

主には揚げ浜式の塩田。人力で海水を汲み上げて、天日に干して塩を作るといった方式である。

もちろん使うのは海岸沿いの廃村跡地。せっかく先人が作り上げてくれた塩田があるのだから、それを有効活用させてもらう。

スライムに頑張ってもらい、海水の汲み上げを昼夜問わず行ってもらったら、あとは放っておいても塩分濃度の高い砂が得られる。そして不純物にあたる砂の部分を食べてもらえば、純度の高い塩が手に入る。

本当は砂ごと水にとかして、塩分濃度の高い塩水にして、それを煮詰めて塩を作るという工程を踏まないといけないのだが、うちの場合はスライムが不純物を食べてくれるのでそんな面倒なことはしていない。煮詰める工程を飛ばして天日干しだけで作れるので、薪などの貴重な燃料を大幅に節約できる。

「できれば塩の輸出も、うちの一大産業に育て上げたい。スライムのおかげで人件費をほとんどかけずに塩を精製できるから、きっとうちの塩は価格競争ではどの領地にも負けないはずだ」

穀物主体の食生活になると、植物に多く含まれているカリウムの摂取量が増えてしまう。過剰なカリウムを排出するには、ナトリウムを摂取する必要がある。

塩は生活に欠かせない調味料である。その塩を、うちの領地から大量に輸出できるようにしたい。ということで早速、試作に踏み切ったのだが。

「う、む……信じられん……領主殿の考えはごもっともだが……」

「……確かにこれは、塩だ。砂漠で取れるような岩塩と違って、苦みが少なく味が落ち着いている」

製塩が終わった塩をアドヴォカート領主代行とケルシュの姫ケルンに振る舞ったところ、二人は真剣に何か考え込んでしまった。さすが人々を率いる長の立場を経験した二人だけあって、塩の有用性はよくご存じのようである。

「しかもこれは……藻塩か。海藻をどの程度残すか調節すれば、味付けに奥行きを出せるのか」

「だが……海岸沿いで塩田を大規模に開こうものなら、海賊たちが黙っているとは思えない」

二人とも声を潜めて何か相談しているようだが、耳の裏に〝ひそひそ話の妖精の刺青〟を入れている俺には丸聞こえである。やれ海賊はどうするかだの、やれ海水を汲んできたり行商人経由で塩を買わなくてよくなるだの、やれ有事の際はどうするかだの、小難しいことを議論しているようだ。

（いや、懸念があるなら率直に俺に言ってくれてもいいんだけどな……）

懸念をぶつけられても、別に怒ったりはしないのだが。何だか妙な遠慮を感じ取ってしまい、俺は苦笑を禁じ得なかった。

1557日目～1585日目

チマブーエ西方辺境伯の誕生祭が開かれるそうなので喜んで出席する。

領主不在の間は、領主代行のおっさんがこの領地を仕切ることになる。というより普段からほとんどそうなので、あんまり変化はない。すごく嫌そうな顔をされたが、領主権限で最後まで押し切った。

辺境伯の誕生祭は豪華絢爛だった。おかげで服装がしょぼい俺は浮いてしまった。だが関係ない。服装などどうでもいいのだ。

話の輪に無理やり入り込み、辺境伯に話を持ち掛ける。

適切な手土産を思いつかなかったので、ドワーフに作ってもらった宝石細工を進呈する。あと、用水路工事や道の舗装を格安で引き受ける代わりに、海賊討伐に力を貸してほしいと持ち掛けた。

「……なるほど、一考の余地はありますね。ですが、いささかこの場で話し合うにはそぐわない内容のようですね」

初老の淑女である辺境伯閣下は、当惑を隠しきれない様子で、曖昧に話をそらした。話が大きすぎるからなのか、この場では判断がつかないということらしい。

まさしく、上品なお婆さんが困った話をいなすようなやり方だった。

だが俺が欲しい回答はそうではない。

「もし、かの悪逆非道の海賊たちをうちの勢力下に併呑することができれば、辺境伯閣下の海軍として認めてもらえますか？　具体的には、辺境伯の名による私掠免許と、敵国から攻撃されたときの報復的拿捕認可状を与えていただけたらと思います。引き換えに、私掠行為で上げた利益の一割を進呈いたしましょう」

「……海賊を勢力下におくことができる見込みはあるのですか？」

「あります。この場で私に協力、出資いただける方には何らかの便宜を図る用意もあります」

逆に、この場で協力を申し出なかった人は、ちょっと申し訳ないが利権に噛むのは辞退してほしい、と言外に主張する。

海賊の無力化が成功したら、莫大な利権が手に入ることは想像に難くない。しかし海賊はきわめて手ごわい相手。

正直なところ、海賊討伐なんて全く確証のない話に聞こえるだろう。

それに出資しろだなんて、酔狂にも程がある。

となれば普通、この話を聞いた貴族はこう考えるはずである。上手くいってから後乗りで利権に一枚噛もう、と。

そんな鬱陶しい連中がうじゃうじゃ現れることは目に見えていたので、この場でふるい分けたかったのだ。

「バスキア士爵殿、いささか急な話のように思われるが。その証拠に、チマブーエ辺境伯閣下も困っていらっしゃるように見える。もう少し話に具体的な算段がついてから、改めて交渉を進めようではないか」

「正直に申し上げます。海賊は十中八九討伐できるでしょう。だが、討伐が成功した暁に、後から鬱陶しくすり寄ってくる連中が湧いて出てくるのではないかと危惧しております。なので、できれば私は辺境伯と王家と、あとは限られた貴族のみに利権に噛んでほしいとさえ考えているのです」

「なんと不遜な……！」

喧嘩を売っているように聞こえるかもしれない。

だが、俺は本音をそのまま包み隠さずに発言した。

平民上等。田舎貴族上等。貴族同士のお作法なんてどうでもいい。

「実をいうと、名目が欲しいのです。この場で出資を断ったから、後乗りで利権に噛もうと意気揚々とこられても困るよ、と断るつもりです。後乗りしてよいのは辺境伯閣下と王家のみ。それ以外の方は、今のうちに腹を決めていただきたい」

「話にならん、なんと不遜な男だ！」

「出資いただいた方には、港町に作る貿易商会の証券を進呈しましょう。船の建造、港の建設、商会の設立、商品の輸送——とにかく莫大な金が動きます。

商会設立に伴う商流の確立は、私ひとりでは手に負えない。中央貴族や豪商とのつながりもなければ、大きな話を進めるだけの信用もないですからね。だからこそ、出資いただいて証券を買っていただいた皆様に、その利権を部分的に譲渡いたします。お持ちいただいている証券の割合にしたがって、利権を割り当てるつもりです」

利益を独り占めしても、商流は発展しない。

おいしい話は他の有力貴族にも一緒に噛んでもらってこそ、物流網が広がるのだ。儲けを増やすため関係者が躍起になってくれるからこそ、俺は放置しておいても儲かる。俺が放置して俺が儲かる仕組みになれば、とりあえず何でもいい。

「申し訳ないが、正直なところ、支援者はそんなに欲しくない。なんて生意気な奴だ、とこの場でご破算になってくれた方がありがたい。おいしい話は限定したい。後からおいしい話に噛めなくなって、なんだ面白くない、と拗ねてやっかみをかけてくるような品のない輩はこの場にはいないと信じているが……そういう奴がいたら、遠慮なく社交の場で暴露する。そのつもりでいてほしい」

お分かりの通りだと思うが。

――社交デビュー、大失敗である。

1586日目～1617日目

ケルシュの一族、スタウトの一族、アルトの一族から適当に人員を選び、「隠密部隊」として各地を巡ってもらうことにした。

隣接する領地――アルチンボルト領、ボッティチェッリ領、デューラー領、ブオナローティ領、それぞれの領地の様子を探ってもらって、何が売れているかの市場調査、市民議会では何が議論されているかの政治事情の調査、などを簡潔にまとめて報告してもらう。

諜報活動なんて当然やったことがないので、ノウハウもほとんどない。なので、ゼロから積み上げていくしかない。

だがまあ、しばらく続けていけばいろいろ見えてくるものあるだろう。これも一種の投資である。

もしかしたら諜報員が裏切ってこちらの情報を吐露するかもしれないが、その心配はあまりないと考えている。スライムを飲み込んでもらっているからだ。裏切ればはらわたを食い破られて死ぬ。そういった印象が強く刻み込まれているはずだ。

(気が向いたら風説の流布もやってもらおう。この四領主が俺を裏切るとは思っていないけど、万が一そうなったときは、領内から掻き乱してやる)

この話を持ち掛けたとき、ケルシュの姫ケルンはひどく憮然とした顔をしていたが、最終的には受諾してくれた。密偵扱いが気に入らなかったのだろう。彼女は、渋々といった面持ちを微塵も隠そうとしなかった。

もしかすると、魔物と戦ったり街を守ったりするような仕事をやりたかったのかもしれない。

「……ほとんど食客のようなものだからな、気に食わんが従ってやる。受けた恩を返すのは、我が一族のしきたりのようなものだ」

じっとりとした目付き。何か物言いたげであったが、何だかんだ最終的に手伝ってくれるなら問題はない。

第14話 司教との交渉・辺境伯領地の治水工事・海賊船の拿捕

EPISODE 14

1618日目～1644日目

豪勢な教会が完成した。修道院にも使えるようかなり広い作りにした。

セント・モルト白教会から派遣された司教と顔合わせを行ったのは、完成まもなくのことだった。彼は教会を見て目を丸くしていたが、しかしすぐに満足げににんまり笑っていた。絢爛な作りがお気に召したらしい。

キルシュガイスト司教。

第一印象は柔和な人、だが話が進むと生臭坊主、彼からはそんな印象を強く受けた。

何せ、いきなり金儲けの話を口にしてきたのだから。

「免罪符の発行と市民への販売は認めていただけないと?」

「よしてくれよ。市民にそんな無意味なものを売りつけるのは、市場の発展にもならない。それより富くじを作って売れ。利権はきちんと与えるから」

彼との会話を意訳すると、教会の資金調達をしたいから免罪符を売りたい、という申し出である。

免罪符というのは、買えば俗世の悪行が清められるというお札であり、死後天国に旅立てますよと教会が保証するものだ。要するに、単なるお札だ。ただのお札なので、原価はほとんど掛からず、作れば作るほど金になる。

そんなものをいきなり持ち出されては、俺も顔をしかめるというもの。それなら富くじの普及に勤しんでほしいくらいだった。

「いいか。あくまで富くじだ。富くじに〝免罪符〟って名前を付けて売っても俺は構わない。販売利益の二割はあんた、一割はバスキア領、七割は賞金として市民に分け与えてくれ」

「ほほう？　王国法で金額を制限されている賭博行為を、宗教行為として認めさせたいのですな？」

「違うよ、慈善事業さ。司教さんは市民に免罪の救済を与える。俺はあくまで、都市開発のための小口出資を市民から受け付けるだけ。その過程で発生した余剰の資金は、市民に還元する。ただそれだけだ」

「なるほど、違いありませんな」

「帳簿管理はうちの徴税員と一緒に行うぞ。会計に不正があれば、遠慮なくしょっ引く。ただでさえ大きな利権なんだから、有効に活用してくれたまえよ」

「何を申しますやら。富くじ販売の手間をこちらに押し付けておいて飄々と。ですがよいでしょう、利益二割は十分です」

他にも、王国法で制限されている行為を宗教行為でどんどん認めてもらうことにする。寄進と浄財。宗教行為という皮をかぶれば、法規制を回避する手はいろいろあるものだ。

例えば修道院では、ミサや聖体礼儀に欠かせないということでワイン造りをしているが、これを領主権限で取り扱えるように直販契約を結んだ。

同じく蒸留酒のリキュールも、薬草酒だから医療用に使うとされているが、これも同じく領主直営の商会で取り扱うことにする。

（でも、あんまり私腹を肥え太らせてもよくないんだよな。修道会の資産は、普通の金持ちと違って遺産配分とかで分配されることもないし、相続税を徴収できないから、うまいこと金を回収するための手立ても考えないといけない……）

一応、かなり強引な方法があるにはある。

王国議会決議を利用して、バスキア領主に修道院の財産を自由に処分する権限を認めさせれば解決する。

無論、そこまでの権力を持つには、当然公爵や侯爵並みの力が必要となる。ゆくゆくは公爵家の力を借りる日がくるかもしれない。

生臭司教と握手を交わしながら、俺は内心でそろばんを弾いてあれこれ想像を続けていた。

1645日目～1696日目

社交界の一件から話の進展があった。辺境伯との手紙のやり取りを経て、チマブーエ領地の用水路の工事を格安で請け負うことが正式に決まったのだ。

旧用水路の清掃。石材の調達。老朽化した設備の取り換え。その全部をスライムに一任する。

石材の調達はバスキア領地で行った。スライムを使えば大した話ではなかった。運搬に時間はかかったが、運搬費用はほとんどかかっていない。

石材の加工も全部スライムに実施させた。チマブーエ領の石工職人の食い扶持を奪ってしまって申し訳ないことだが、正直スライムの方が石をつやつやに仕上げてくれる。

ただし、新用水路の工事計画だけは、俺一人ではなく、チマブーエ領にいる内政官たちと熱心に議論して決めた。

連続アーチのある水道橋の建設方法。

不純物を沈殿除去する沈殿池の作り方。

公衆浴場や公共住宅向けの給水管がつながっており、節水が必要な時期には板で閉じて断水させることも可能な、高度な分水施設の作り方。

水密性を高めるための水硬性セメントの作り方。

これらの知識は、自分にはなかったものである。

バスキア領でも用水路の整備は何度も行っている。今まで読んできた本の中にも治水に関する記述はあった。だが、ここまでの知見は持ち合わせていない。今後、大きな領地を治めるにあたっての治水の考え方。あるいは計画策定。辺境伯に召し抱えられるような有能な内政官たちと議論することで、それらをようやく自分の知見へと昇華させることができた。

今回痛感したが、これは大きな領地の内政計画に携わらないと勉強できないような高度な知識だろう。

（水道施設の考え方が根本から違う。今度、うちの領地にも導入してみるか）

ちなみに今回、スライムに身体を伸ばしてもらって、地面にしみこんでもらって身体を隠してもらいつつ、うちの領地に本体を残しながらもチマブーエ領の工事ができるかを実験してみたところ、なんと実行可能だと判明した。

恐ろしい事実だ。

これはつまり、俺が自分の領地に引きこもりながら、隣接領を一方的に攻めることもできる、ということに他ならない。これは本格的にとんでもないことになった。

とはいえ俺は別に領地的野心もないので、まあいいか、ぐらいに考えていた。

(本気で領土拡大を考えるなら、もっと社交界に真剣に進出しているしな……)

内政は楽しい。一種の知的遊戯というべきか、頭を使っている気がする。だが領土拡大のためにあれこれ画策するのは別段楽しくない……ような気がする。

こういうところが封建貴族らしからぬところなのかもしれない。正直、今の俺は、チマブーエ辺境伯の内政計画を通じて勉強をしている方が楽しいぐらいであった。

1697日目～1722日目

海賊への嫌がらせが功を奏して、とうとうしびれを切らした海賊たちが上陸して、バスキア領を攻めてきた。

最初の攻撃は、沿岸部に作ってあった塩田への攻撃だった。だが不運にも、地面にしみこんで待ち伏せていたスライムに全員綺麗に搦め捕られて捕虜になってしまっていた。

（そりゃまあ、誰も人がいない塩田なんて想像がつかないよな……）

海から空砲を撃ち込んだりして脅したのだろう。

だが誰も慌てて逃げだしたりしないものだから、不審に思って上陸したのだろう。

結果、船一隻の拿捕と30人ほどの海賊の捕縛につながった。

（捕まえた海賊は下っ端もいいところ。どうせこいつらを捕虜にしたところで、向こうは痛くも痒くもないだろう……）

とりあえず全員スライムを飲み込んでもらい、逆らう奴は死ぬことを伝えたうえで、改めて領地に持ち帰った。

街の連中には特に周知していない。

だが、領主代行のおっさんのアドヴォカート氏や、うちの行政を頑張ってくれている人たちには教えておかないといけないなと思って伝えたら、信じられない表情をしていた。

なぜ殺さないのか、だって？　生かしておいても俺は別に殺されないからである。

第15話　夜襲の迎撃・製鉄工房の設立・エルフの発見

EPISODE 15

1723日目〜1755日目

「海賊に圧勝、俺様は最強、ヴァイツェンもメルツェンも俺の手で抹消」という旨のふざけた立て看板をばんばん出しておいた。例によって文字の読めない人のために戯画までつけておいた。これで海賊が負けたことはますます噂になってくれるだろう。

無論、そのおかげで海賊からの攻撃はどんどん激しくなった。

ただし残念なことに、バスキア領の沿岸部には誰も住んでいないので、海賊たちは必然と上陸作戦を強要されることになったわけで。

そして大抵がうちのスライムに捕まっていた。

(夜襲はだめだぜ、夜襲は。１００人以上集まって、うちの街に火を放とうと頑張ったようだが、残念ながら夜間警備はスライムがほとんど担っている。夜の暗がりでも全然索敵能力の衰えないスライム相手じゃ、いくら訓練されている海賊でも太刀打ちできないさ)

夜襲なんて愚策中の愚策である。いや、本当は有効な手立てなのだが、我が領地に限って言えばそれはまずい作戦であった。

そりゃあバスキア領は、見るからに夜間警備の少ない街である。夜襲が有効そうに見えるだろう。

だが、バスキア領には、眠ることなくずっと侵入者を見張ってくれるスライムがいる。しかもそのスライムには刃物がほとんど通用しない。何人も束になってかかってきたところで、烏合の衆である。

襲撃は幾夜にわたって続いた。捕虜人数も２００人ぐらいに膨らんだ。そのおかげで、うちの住民も一気に増えた。

こりゃあいい、ということで、捕らえた海賊たちにいろんな仕事を任せることにした。

具体的には、スライムには全然できないような作業である。

食べられるキノコかどうかの試食係。ミミズ料理がおいしくなるような工夫検討。

他にも、山の迷宮の調査業務として、スライムと一緒に行動してもらいつつマッピング作業を進めてもらったり。

森の調査業務として、生えている植物や棲息している魔物等のマッピング作業を進めてもらったり。

他にも、人が増えたおかげで、今までやってこなかった仕事もこの際進めることにした。

例えば、ずっと続けている魔物の家畜化実験。せっかくなので魔物の厩務員を増やして、もっと多くの魔物を飼育できるようにした。

さらには、会計帳簿の転記作業。やることは単純。同じ内容の数字を複製するだけ。非常につまらない作業だし、苦痛極まりない。複製を二つ作ってもらって、かつミスがないかを第三者チェックさせて、ミスがあったら転記し直しをさせる。

　同じように、戸籍簿の明確化も実施した。住んでいる住民を戸籍簿にまとめて、住民を管理できるようにどんどん情報を精緻化させていった。

（仕事は無限にある。あえて掘り起こしてないだけだ。今までは帳簿管理なんてずさんでも領地の経営は回っていたが、そういった情報はあるに越したことはない）

　それにしても、人が増えるというのはいいことである。俺の命令に全く逆らうことができない人であれば、なおのことだ。

1756日目～1784日目

　ドワーフたちに来てもらって、うちの工房の設備を一気に刷新した。

　金属製品を作るため、小型の精錬炉やふいごといった設備を導入したのである。

　これで、蹄鉄、農具、生活用品などをどんどん鉄器化していって、生活の利便性を向上させていくのだ。

「うっはぁ、ざっこ～！　ね～え～？　工房の職人お兄さ～ん？　工夫って知ってる～～？　きゃははは！」

　そんな折、ドワーフの職人ピニャは、先ほどから職人たちを捕まえては指導を施していた。彼女なりの助言なのだろうが、バスキアの工房にいる職人たちは先ほどから渋い顔を作っている。「何だとぉ……」と額に青筋を浮かべるもの、「こ、こいつ……いつか絶対分からせてやる……！」と歯ぎしりしているもの等。全員に共通するのは、現状よりももっと腕を上げて目にもの見せてやる、という向上心である。

絶対、彼女に分からせてみせる。

そんな強い思いがひしひしと伝わってくるようなやり取り。

意気込みを新たにした職人たちを遠巻きに眺めながら、俺は内心で満足していた。

(今まではスライムの力を借りて無理やり内政を押し進めてきたけど、さすがにそれだけじゃいろいろ限界があるよな。やっぱり鉄器を使ってこそだ)

これでようやく近代都市化の第一歩を踏み出したことになる。鉄器の使用は確実に生活の質を底上げしてくれる。

次なる一歩は、金属細工職人、刃物職人、武具職人などの職人の細分化である。

今の段階では全部、鍛冶屋がオールマイティにいろんな金属製品を作らないといけないだろう。だが、街の生活水準が向上するにつれて、それぞれの道具がしっかりした品質を求められることになるはず。

そうなると、それぞれ職人の所掌範囲が細かく、より高度に専門化されていく。

もちろんこれは、街の住人が大きく増えて、専門化しても生計が成り立つようになってからの話だが。

(まあ、うちの場合はドワーフが工房にたまに来てくれて、技術指南をしてくれると約束を取り付けたから、技術発展は比較的早いはずだ)

鍛冶職人といえば危険な仕事だ。

だが、こういった危険な仕事でも引き受けてくれる人手がいる。ひっ捕らえた海賊たちである。素晴らしいことだ。

今は無理やり海賊たちに鍛冶の仕事をやってもらうわけだが、やがては志をもった若者にその仕事をしてほしいものである。

適材適所。本当は、海賊たちには船乗りになってもらうのが一番いい。

（何はともあれ、これでようやくうちは鉄器をよそから取り寄せなくても、自分の領地内で作り出せるようになった。あとは時間さえかけていけば、技術発展も進むだろう）

1785日目～1811日目

調査が進んで、とうとう森に住むエルフの氏族を発見した。それとほぼ同時に、森の中の迷宮を発見した。

一度に大きな発見が二つも続いたので、うちの領地はちょっとした騒ぎになっていた。

（荘園にできそうな迷宮が領地内に二つも、だって？　そんなのますます、バスキア領の開発が進んでしまうじゃないか！）

朗報。青天の霹靂とは、まさにこのことである。

冷静に考えたら、今までろくに人の手が入らないままずっと放置されていた場所なので、魔力の歪みが蓄積されて迷宮化しやすくなっていた、というのは頷ける話である。

　だがそれでも、領地内に二つも迷宮があるのは相当恵まれているだろう。領地内に二つも迷宮荘園を持っているなんて伯爵とか公爵とか、そういった高位の貴族でもそう多くないんじゃないだろうか。

　問題は、その森の迷宮を守っているのがエルフの氏族だったという点である。森の迷宮はエルフの持ち物……というよりは、エルフがその守り人になっているという様子であったが、まあ似たようなものだ。要するに、普人族が勝手に荒らしていいものではないのだという。

　こちらとしては早速、迷宮の開拓を進めたいところだが、いかんせんエルフたちがそれを許してくれなさそうであった。

「……森、危険。これ、吸って」

　胸がクソでかい褐色エルフ（カシャッサと名乗った）がいきなり煙を吹き付けてきた。香草の煙草の強烈な匂い。すわ何事かとスライムが身を尖らせて警戒していたが、俺はこの煙をなすがままに受け入れた。

　すぐにわかった。これは魔除けの煙だ。半分以上匂いの種類がわからなかったが、その中に混ざっているこの薬っぽい独特な匂いには覚えがある。冒険者時代に似たような魔除けのお香を使っていたので、なんとなくわかる。それに、煙全体に初歩的な簡易術式が込められており、魔物の忌避作用や呪い除けの作用があることがなんとなく読み解けた。

「この煙草は……セージとヨモギとミントか？　その煙にしてもだ、魔除けの仮面を着けてから呪

い除けの煙を吐かなくてよかったのか？」

「……呪術師か？　仮面、要らない。私の顔、魔除けの模様、ある」

「もともと魔術師だったんだ、もう大した魔術は使えないけどな。それと、口噛みだけで術式を付与できるとは、そちらも相当の術者だと見受ける」

「……大した事、ない。お酒も、口噛みで、造る。それだけ。同じこと」

褐色エルフのカシャッサは、急に褒められて当惑したのか、頬を赤くしてそわそわし始めた。褒められ慣れてないのだろうか。エルフにしては珍しい態度である。もっと普人族相手には気難しい態度を取るものかと思っていたのだが。

身体を大きく広げて威嚇しているスライムをよそに、俺は手を差し出した。

「どのみちエルフたちとは友好関係を築き上げたいと思っていたところなんだ、今後ともよろしく頼む」

「……そう」

カシャッサは少し逡巡したあと、おずおずと手を差し出してきた。そのまま俺の手首をぎゅっと握ってくる。

あ、エルフの握手ってそうなんだ、と俺は一瞬呆気にとられたが、とりあえずもう一方の逆の手で手首を掴み返しておいた。彼女は顔を真っ赤にしているが、多分間違っていないはずである。

第16話 品種改良品の受け取り・辺境伯のお茶会・男爵位叙任

EPISODE 16

1812日目～1824日目

チマブーエ辺境伯領地の用水路の改修工事がほぼ完了した、と知らせを受け取る。

流石はスライム、俺が領地でのんびり過ごしている間もずっと用水路工事を進めてくれていたのだ。

それも、ずっと遠くの辺境伯領地まで身体を伸ばして、昼夜問わずにこつこつと、である。こんなに働いてくれるスライムがいるだろうか。いやスライムじゃなくても、こんなに勤勉な奴はそうそういない。

（今領地から離れても大丈夫かな……。海賊から攻められている途中なんだけど、全部スライム任せにして何とかなるだろうか）

とはいえチマブーエ辺境伯に挨拶をしないわけにもいかない。悩んだが辺境伯の領地まで向かうことにした。

契約に基づくと、用水路の工事が完了したので、あとは報酬を受け取るだけだ。

対価として、チマブーエ辺境伯にとっては格安の報酬であることは間違いないのだが、俺にとっては嬉しいものをねだっている。

つまり、品種改良の進んだ穀物、野菜の種、株、苗である。

（これで、疫病にも塩害にも強く、味もおいしい農作物を作ることができるはず……！）

特産品というわけでもないが品種改良は長年努力してきた農作物を、弱小士爵に真似されるという出費。

長年手つかずのまま老朽化が進み、改修に莫大な金貨が必要だったはずの用水路工事を、格安の金額で済ますことができた利益。

どう考えても辺境伯にとっておいしい話だったに違いない。もっと上手に交渉ができたんじゃないかという後悔はあるが、あんまり難しく考えない方がいいかもしれない。恩を売れたと考えればいいだろう。

ちょうどチマブーエ西方辺境伯とはいろんな話をしておきたかったところだ。今後も長い付き合いになる以上、親睦を深めるのは大事であろう。

1825日目～1849日目

結論から言うと、あんまり嬉しくない状況になっていた。

お茶会には、チマブーエ辺境伯だけかと思ったら、まるで知らない貴族たちがずらりと並んでいた。

「用水路工事を格安で行っていただいて感謝しております。いつかお返しをしなくてはいけませんね？　ですが今は、それよりも優先するべきことがあります。バスキア士爵にはいくつかお話ししなくてはならないことがあります」

曰く、何百日も使役獣から目を離す危険行為。そして先日の社交界での無礼千万の行為。さらには、周辺貴族に許可を取らないまま凶暴な海賊を挑発するような独断行為。

こう指摘されてみると、いずれも自分に非がある話だ。身につまされる。

「報酬は約束通りお渡しいたしましょう。うちで育てている農作物であれば、喜んで差し上げます。ですが、ここにいる貴族たちはあなたの行為によって迷惑を被ったと主張してらっしゃる方々です。お詫びぐらいは申し上げてはいかがでしょう？」

なるほど。話が読めた。

意訳すると、『用水路改修工事のおかげで、お前のトンデモスライムの凄さはよくわかった。海賊退治もうまくいってるようだし、何か一枚噛ませろ』ということである。

この分だと、おそらくバスキア領内にも何人か間諜が放たれているに違いない。うちの領地の情報はほとんど漏洩しているだろう。

こうなるのがいやだったから、この前のパーティで堂々と「後乗りするなよ」と釘を刺しておいたのに。権力を持っている人はこんな風に無茶苦茶やってくるから嫌いである。

「お言葉ですが、例外を認めると後からひっきりなしに、自分もと乗り込んでくる人がいます。話に収拾がつかなくなるので、この場で謹んで断ります」

「本当にお言葉ですね。この際、私も言葉を選ばずに言いましょう。あんな拙いやり方では、周囲に敵を作るだけです。それに牽制をかけたところで、権力で強引に話をねじ込んでくる人はいます。それならいっそのこと、私が都合のいい貴族を見繕ってあげましたから、彼らに甘い汁を吸わせて差し上げなさい。あなたにとっても悪い話ではないはずですよ？」

強い口調で断ったが、ぴしゃりと叱りつけるように撥ねのけられる。何とも苛烈な言葉だ。流石に傑物と言われるだけはある。

言い返そうと思ったが言葉が続かない。要するに、辺境伯にとって都合のいい貴族で固めたから、逆に言えばこれ以上変な奴が後乗りしてくるのは辺境伯が防いでくれるというわけだ。

妥協もやむなしだろう。

「実直な若者は嫌いではありません。ですが、この世界で自由に生きていきたいのであれば、もう少し外交を学ぶ必要があるようですね。私でよければいつでも相手になって差し上げます。……期待していますよ、バスキア士爵」

流石に西方辺境伯を任されるだけのことはある。こう諭されては何も言い返せない。かつては凛とした気品ある女性だったのだろう面影の残る彼女は、今は柔和に微笑んでいた。

1850日目～1884日目

バスキア領に戻ると同時に、国王より直々に「男爵に叙任する」という旨の簡潔な勅命を受け取った。

相変わらず叙任式はないらしい。それでいいのかこの王国、と思わなくもない。だが少し遅れて、これは西方辺境伯の計らいだと気づく。

これが政治か、と俺は内心で戦慄してしまった。

よくある叙爵の儀式といえば、騎士叙任式が有名である。騎士爵位を授与される若者が受ける儀式だ。

主君が剣を持って、若者の肩を剣の平でたたき、背中をたたき、騎士としての心得を告げて、剣を主君自らの手で授ける。次いで盾と槍、兜や拍車を授ける。

それが終わったのち、新米騎士は馬上試合にて腕前を披露し、最後はその騎士を称える饗宴を開く。

もちろん、絶対に儀式を行わないといけないわけではない。俺が士爵に任じられた時も、騎士叙任式は開かれなかった。馬上試合なんて出来ないので、むしろ儀式がなくてありがたかったが。

だが、男爵に叙任されるときも叙任式がないというのは恐れ入った。

普通、騎士爵と違って男爵からは、貴族身分の審査制度があるはずなのだが。つまり、知行地領有だけでは貴族と認められず、国王発行の証書をもって貴族の爵位が決まる。平民が男爵に成り上がるとき、ここで厳しく審査されることになる。

それがこんなにあっさり認められるというのは、誰かが周到に根回ししていたということだろう。

ある意味、辺境伯の一声で男爵に任じられたということだ。

（そうか、審査には高位貴族からの署名があればいいんだ。辺境伯がすでにそこまで準備を進めて

いたんだ）

さらにもう一通、同封されていた手紙に目を通して凍り付く。

〝私の副官として海軍を指揮するのであれば、男爵位か子爵位が必要になります。それに、迷宮荘園を開拓したいのであれば、子爵位が必要でしょう。私の庇護下に入るのであれば、バスキア城伯兼子爵として任ずる準備があります。　――チマブーエ〟

この手回しの良さである。あの人は化け物だろうか。

第17話 海賊団の壊滅・巨大レンズを利用した収斂発火

EPISODE 17

1885日目〜1911日目

海賊からの攻撃が一気に静かになる。さすがに部下たちを200人も捕虜にとられたのは身に応えたのだろう。

そもそも、海賊団の規模からしても我が領土に召しとられてしまった捕虜は無視できないはずだ。ヴァイツェン海賊団とメルツェン海賊団は多めに見積もって、それぞれ1000人程度の規模だと言われている。船の数はそれぞれが60隻ぐらい。二つ合わさって大体100隻よりちょっと多いぐらいである。

これ以上の人数になってくると、そもそも海賊団の維持自体が厳しくなってくる。

海の上、もしくは入り江の地形に暮らしているとして、では普段の食料やら生活用品やらをどこで仕入れているのか、という課題が浮上するからだ。海から得られる食料はあまりにも偏っている。鶏卵や家畜の肉のようなたんぱく質の源も、根菜類もないわけで、魚やら貝やら海藻から栄養を摂取するしかない。真水でさえ摂取するのが非常に難しくなっている。

つまり、どこかの村なり行商人なりから、ひっそりと食料等を仕入れているわけで。正直、仕入れ先を突き止めるのはそう難しくなさそうなので、いずれはスライムに特定させてやろうと思っている。

（まあ、正面からの襲撃が難しいとなったら、今度は海賊も作戦を変えてくるよな。そりゃそうだ）

俺は沿岸にある塩田を眺めながら、苦笑を隠せなかった。

敵の報復はどうくるか。当然、何もせず泣き寝入り、というのは海賊の気性としてありえない。舐められたらおしまいというこの裏稼業で、こんなに大々的に喧嘩を売られているのだから、当然俺に対して何かしらの報復を考えているはずだ。恐らくは、捕まらないように遊撃的な嫌がらせの戦法になるはずである。

そして、その読みは当たっていた。連中は矛先を変えたのである。

まず、連中はうちの塩田を汚してきた。糞尿を投げて塩を売り物にできなくしたのである。原始的な方法だが効果的な手でもある。

他にも、俺を直接狙うのではなく、街道を通行する行商人を襲ってきた。間接的な攻撃に切り替え始めたのだ。バスキア領地に攻撃が届かないなら、バスキア領に向かう行商人を襲うことで、うちに届く物資を横取りしたり、うちの領地の経済活動を鈍くさせようという狙いがあるわけだ。

残念ながら、どちらも失敗したわけだが。

というのも、うちのスライムがあちこちの地面に潜んでおり、海賊の襲撃に合わせてそのまま連中を搦め捕ってしまったからである。

無理もない。足元から急に現れて、音もなく身体の自由を奪ってくるスライムなんかに気づくはずがない。しかも街道といっても、連中は結構広域に散らばって周到に襲撃を狙っていたわけで、これが散らばった部隊を一網打尽にされただなんて思ってもいなかったはずだ。

うちの街道はそれぞれ四つの領地の方向に伸びているが、その四つにだいたい30～50人が程よくばらけて配備されていた。これが普通の領地であれば、襲撃作戦は大成功していただろう。だが、うちには化け物のスライムがいた。四つの街道ぐらいならまんべんなく身体を伸ばして見張ることができるぐらい、うちのスライムは成長してしまっていた。

（しかし、街道の行商人を襲いだしたとなると、いよいよ潮時だな。そろそろ海賊に止めを刺してやろうか……）

行商人を襲い始めたということは、なりふり構わず俺に嫌がらせを試み始めたということである。これを放置すれば、例えばアルチンボルト領をはじめとした、俺が懇意にしている他の貴族たちへの嫌がらせがきっと始まるに違いなかった。こういった嫌がらせが始まってからは戦いは長くなる。それも遊撃的な妨害工作は、受ける側の負担が大きい。向こうはちょっとでも不利になったり被害が出そうになれば逃げるだけでいいし、こちらは毎回いつ襲撃が来るのか分からないまま守りに備えなくてはならないので、大体消耗が大きくなってしまう。

普通の貴族だったら、こんな嫌がらせをされたらたまったものではない。スライムが何とかしてくれるバスキア領が特殊なだけで、相手の規模から考えても相当の被害が出る。手を打つ必要がある。

無論こちらとて泣き寝入りするつもりはない。一つ策がある。この作戦を思いつくこと自体は簡単だが、あまりにも馬鹿馬鹿しくて、実行に移せるのはきっと俺ぐらいだろう。

二大海賊団はまだ合わせて1500人ぐらいの規模で残っていると予想される。腐っても敵は歴戦の海兵。油断ならない相手だ。

だがしかし、こと遠距離からの攻撃に限って言えば、俺のほうが一枚も二枚も上手である。

1912日目~1938日目

収斂発火という現象がある。凸レンズ状の透明な物体、あるいは凹面鏡状の反射物体によって、太陽光が集束して起きる発火現象である。

この現象自体は古くから知られており、例えば土着信仰では水晶で太陽光を集めて焼灼止血法を行っていた、と歴史書に記載されている。

「ほうら逃げろ逃げろ。スライムに大きな凸レンズになって光を集めろ、と一声命令するだけで、お前らの船なんて簡単に燃やせるんだよ」

収斂された光の筋が、片っ端から海賊船の帆に火をつけていく。蓋を開けてみれば、あまりにもあっけない。海上の戦いは一方的だった。

海の中に入ってもらったスライムに、目いっぱい身体を広げてもらい、太陽光を集めるレンズになってもらうだけ。

たったこれだけで、天下にその名が知れ渡った海賊団が、みるみるうちに船を焼かれてその数を減らしていった。

海に飛び込んだ海賊は、端から順番にスライムが搦め捕っていく。ほとんど全員をこれで捕縛することができた。

「それにしても、ちょっと残念だな。海賊船はなるべく無傷で拿捕したかったんだけど、無関係の人を襲い始めるというなら仕方ない」

その日、二つの海賊団は地図上から存在を抹消された。そして我がバスキアの領地には、１０００人以上の海賊が集まった。

最後まで抵抗を続けた彼らは、きっと有能な海兵になるに違いない。航海の経験はもちろん、忠誠心も疑いようのない、屈強で優秀な海兵である。実に素晴らしいことであった。

第18話　辺境伯への報告・脱穀機・馬車改良・迷宮倉庫の設置　EPISODE 18

1939日目〜1952日目

海賊を一気に傘下に従えた。これによって我が領地に海軍ができた。

とはいっても戦える人をたくさん集めました、というだけでは軍隊を設立できるわけではない。私兵団として抱えられる人数には爵位ごとに上限がある。伯爵などの高位貴族から権限委譲してもらうことで、ようやく限界を超えての人数を運用することができる。

特に、私掠免許を与えられた船団ともなると、王国の許可状がないと活動は認められない。今の段階では、俺の領地にただ飯喰らいが1500人やってきただけだ。

（……チマブーエ辺境伯は、おそらく王国の許可状を餌にして俺をこの海賊ごと取り込もうとしてくるはず。城伯の肩書に興味はないかと手紙が来たが、これも多分囲い込みの一環だろう）

もちろん、本音を言えば海賊を早く運用したい。海賊行為をしたいという意味ではなく、きちんと水夫として彼らを雇い、いろんな領地と航海貿易を行いたいという意味だ。彼らなら操船技術はもちろんのこと、下手な魔物に襲撃されてもそれを撃退するだけの力もある。船を修理する船大工もいれば航海士もいる。

組織の命令系統もすでにある程度確立されている。軍隊を一から設立するのと比較したら、遥かにスムーズに運用できるだろう。

チマブーエ西方辺境伯の傘下に入って、バスキア城伯になるべきか。

正直そんなにデメリットのない提案なので、呑んでもいいとは思っている。

(まあ、正直なところ、どこかの派閥に入っても悪くはないんだよな。政治のやり取りに興味がないってだけだから、面倒な話に巻き込まれなければどうだっていい)

チマブーエ辺境伯への手紙をしたためる。海賊の討伐を無事に成功させました、と。

あとは勝手に話が進むであろう。

1953日目~1988日目

一気にやることが増えてしまった。

足踏み式の脱穀機が作れないかと、ドワーフの職人ピニャやバスキア工房の職人たちに相談を持ち掛けて。

そろそろ五年ぐらいの時間が経つ輪栽式農業について、報告書をまとめさせて。

新しくバスキア領の沿岸に港町を作ろう、という遠大な計画を発足させて。

引き続き森のエルフたちに贈り物をするとともに、森の迷宮の調査を行わせてほしいと、褐色エルフのカシャッサを窓口にして交渉を続けて。

うちの畜舎で育てた養殖の魔物を使って、いろんな魔物料理を考案して。

製鉄工房の規模を一層大きくして、さらにスライムの力を借りて、とても滑らかな馬車の車輪と車軸を作って。

「といっても、全部俺会話してるだけだしなあ」

手を動かしているのは他の人。俺は思いついたことをしゃべっているだけ。

それだけなのに、なぜか俺も忙しい状況になっていた。

こちらがお願いした事業の進捗を報告・相談されたり、全く関係ない儲け話をいきなり俺に持ち掛けてきたり、案外口だけ管理職というのも忙しいものなのだ。

(他の貴族と違って、俺は結婚もしてないし世継ぎとなる子供もいないからなあ……外交はもちろん内政における重要事項の判断は全部俺が行わないといけない)

これがもし他の貴族であれば、世継ぎの成長の糧と実績作りを兼ねて細かい仕事を少しずつ子供に任せていくものだが、俺に子供はいない。現状は俺一人だけが貴族の仕事を行っている。

そもそも領主になってまだ五年程度である。世継ぎとか言っているような状況ではない。

(だめだ、いくら何でも身が持たなくなってきた……欲を言えばスライムが擬人化してくれて、俺の代わりにあれこれやってくれないだろうか……)

もにゅもにゅと核のあたりをくすぐってみる。スライムはぷるぷると震えて身を捩った。何だか、喜んでくれているような気がする。今までのスライムと比べると、この子は感情表現が豊かだった。きっと賢いのだろう。

(まさか、この子がこんなに頼りになるなんてな……契約したときは思いもよらなかったが……)

このスライムがいなければ、何もかも成り立っていない。水利を整備し、農地を一気に増やし、道路を整備して物流を活性化させ、野盗や海賊を傘下に収められたのは、全部スライムの圧倒的な作業遂行力のおかげである。

本人は〝すごくたくさん餌が食べられる〟ぐらいにしか思っていないかもしれないが、このスライムは間違いなく、バスキアのほとんどすべてを支えている存在になっていた。

1989日目〜2021日目

山にある洞窟迷宮の開拓・拡張を行う。開拓といっても、人が歩きにくい地形を舗装したり、迷宮内部に倉庫を設置したり、行き止まりを掘り進めたりする程度だ。天然の迷宮を天然のまま放置せず、人の手を入れて便利にすることを俗に迷宮開拓というらしい。

本来ならば迷宮の開拓を行うには、子爵位以上の貴族がどこか他の高位貴族と共同で実施しないといけないのだが、そのあたりは後々チマブーエ辺境伯が取り計らってくれる手筈になっている。あの人は非常に話が早い。これは仮定だが、例えば俺が子爵や城伯などに叙任されたら、後追いで認可が下りるだろう。つまり俺にとって〝旨みのある〟筋書きがきちんと用意されている。

今はというと〝生態系調査〟という名目で、王国法の網の目をくぐって開拓をしている。摘発されたらちょっと苦しい。

（山の迷宮で発見できたものは、ミミズの魔物やキノコの魔物、魔石結晶をはじめとした特殊な鉱

石――魔物の危険度はあまり高くなく、資源が継続的に採掘できそうという、理想的な『迷宮荘園』だ）

迷宮は周囲に漂っている魔力の歪みを蓄積して、時間をかけてゆっくり成長する。だから放置しておいても勝手に広くなるのだ。迷宮を縮退化させたい場合は、迷宮核を破壊してしまえばよい。もし迷宮の魔物の討伐が追いつかなくなってきたときは、いずれ迷宮核を破壊する必要があるだろう。

冒険者ギルドの誘致？　絶対に嫌である。冒険者ギルドには個人的な恨みがある。

「取り急ぎ、倉庫の代わりに迷宮に空き部屋を作って、どんどん使っていこう。湿気対策として風を循環させる必要はあるが、それさえ管理できれば取れた穀物も、掘り出した石材も、山からとれた木材も、加工した石造りの調度品も、とにかく長期保存が可能なものはどんどん詰めていこう」

これで街の倉庫の余剰空間を空けることができた。街の倉庫は長期保存が難しいものや、交易に使う品の保存にもっと使いたいところである。

とはいえ、迷宮倉庫への搬入も、迷宮倉庫からの出庫作業も、迷宮倉庫の防犯警備も、全部スライムが行うのだが。

第19話 ゴブリンとコボルトの併合・薬草の採取と仕分け

EPISODE 19

2022日目～2048日目

山の洞窟に住んでいたゴブリンたちとコボルトたちが、とうとうバスキア領に恭順と忠誠を誓うと申し出た。

足掛け三年、ずっと辛抱強く撃退してきた甲斐があった。それも圧倒的な暴力で根絶やしにする方法ではなく、撃退しては追い返すだけ、というとても無駄な方法だ。力関係を教え込むような形で、どうやっても逆らえないことを本能で学んでもらって、ようやく漕ぎつけた決着だ。

代表して、王国語がわかるゴブリンシャーマンに来てもらい、バスキア領主とゴブリン・コボルト両氏族との間に契約が結ばれる。平たく言えば、ゴブリンもコボルトもうちの領土の住民になる、というものだ。

領民に衝撃が走った。

まさか魔物が、それも王国語を理解しない低位階梯の魔物が、同じ領地の住民になるとは思ってもいなかったらしい。

バスキアの村にもともと住み着いていた連中は露骨に嫌悪の表情を作った。後から来た野盗も、海賊の連中でさえも、魔物なんかが住民になることは到底耐えがたい、という顔をしていた。

極めつきはあのキルシュガイスト司教である。あのセント・モルト白教会のクソ司教が「我が白の教団の教義に反している！」と抗議の声を上げたのだ。

(好き勝手な奴らだな。ドワーフやエルフは良くて、ゴブリンやコボルトはだめか。俺は博愛主義者じゃないが、使える奴はとことん使うつもりだ)

もとより、バスキアの領地に住んでいる連中は、不当にその地に住み着いているだけの流民である。王国から追放された難民という背景をもつ彼らが、今度はその過去を忘れて他者を排斥しようとしている。これは非常によろしくない。

確かに魔物が同じ領地にいるのは危険だろう。会話もろくに成立せず、きっと怖いだろう。だからこそ魔物の家畜化を通じて、少しでも魔物の存在を身近に感じてもらおうとしたのだが。

徐々に領民を魔物に慣らしていって心理的抵抗を減らそうとしたのだが、さすがに性急だったようだ。

「で、反対意見のある者はいるかね？」

バスキア領主会議にて、俺は集まった連中にあっさり問いかけた。露骨な質問だ。だが、俺はこれぐらい直截に会話できる方がいいと思っている。

集まったのはバスキアの家臣たち。

苦虫を噛み潰したような顔をした領主代行のアドヴォカート氏に、尚書、法官、財務官、その他うちで雇っている内政官たち。

唇を強く噛んで微塵も怒りを隠そうとしない、セント・モルト白教会のクソ司教。

憮然とした表情を崩さないスタウト、アルトの一族の元頭領と、ケルシュの姫ケルン。

ヴァイツェン、メルツェンの両海賊団長に至っては、まだ負けた恨みが残っているのか、敵愾心さえも隠そうとしない。

しかし、険悪な雰囲気をよそに、反対意見は出ない。

当然だろう。今ここで俺に反対すれば、どんな目に遭うか分かったものではない。ここにいる連中の半分以上は俺のスライムを体内に取り込んでしまっている。俺に逆らって勘気に触れてしまえば、即座に内臓から食い荒らされて殺される恐れがある。

もちろん俺はそんなことを実行するつもりはさらさらないのだが、それでも命令一つで殺される恐れがあるというだけで、反抗心を大きく削ぐことができる。

俺が普段からスライムを酷使しているからこそ、彼らはその恐ろしさを毎日目の当たりにしている。どこからでも現れて、下手な刃物も通用せず、人をがっしり捕縛する。あるいは岩も地面も金属も思いのままに溶かす。

野盗や海賊の連中に至っては、スライムと戦った経験があるだけに、殊更力の差を感じているだろう。

「大丈夫だ、ゴブリンやコボルトも住む区画をしっかり分け隔てるさ。心配することはない。腕に目印のバンダナを巻きつけて、野生のゴブリンたちと見分けられるようにしようじゃないか」

俺の決定は絶対である。

かつては威厳も何も全くないし、仕事も全然みんなに押し付けるだけだし、領民たちからはただの便利なお手伝いさんとしか思われていなかった俺でも、この五年の領主生活を通じて、それなりに威厳が出たらしい。野盗も海賊も力で捩じ伏せて平伏させてきた、という実績があるだけに、苛烈な一面もあると徐々に認知されているようだ。

結局、ゴブリンとコボルトを受け入れる、という決定は覆らなかった。誰も覆すことはできなかった。

2049日目〜2077日目

スライムにできないが、ゴブリンやコボルトにできる仕事がある。それは薬草の探索と仕分けである。

身体をいくらでも伸ばせるスライムなら、それこそ圧倒的な広さを面探索できる力があるが、それだけだ。匂いをたどって薬草の潜んでいる場所を効率よく掘り当てたり、似たような薬草と毒草をきちんと選り分けたりすることは、スライムにはできない。

（エルフとの交渉も徐々にうまくいくようになってるし、そろそろ森の迷宮の探索許可が下りそうだから、ゴブリンやコボルトたちの力は借りたいんだよね）

さらにありがたいことに、ゴブリンらは彼ら独自の薬草のレシピを持っていた。ゴブリンシャーマンがその手の知識に明るかったのだ。もちろん、うちの街にも薬師はいないわけではないが、正直大した腕前ではない。

もちろん効果の程を実証実験する必要はあるが、有用性がきちんと確かめられたら、どんどんそれを量産したいところだ。

加えて、近いうちにエルフとも交易を行う予定である。長い歴史の中で洗練されてきた彼らの知識は、非常に貴重である。エルフたちからも調薬の知識をぜひ授かりたいところだった。あの立派な体躯の褐色エルフ、カシャッサも、いろんな薬草の配合された煙草を吸っていたし、煙草一つとっても勉強になりそうである。

ちなみにエルフたちとの交渉で一番好感触を得られたのは、煙草になる薬草の品種改良や大量生産の計画である。もっとたくさんの薬煙を得られるのか、とエルフの長老衆は顔を綻ばせていた。そんなに嬉しいことなのだろうか、と俺は腑に落ちなかったが、とにかくこれでバスキア領とエルフたちの交易も現実的になってきた。

今後、薬草の取り扱いについて教えを請う代わりに、うちは薬草の生産力を提供することになるだろう。そうなる前に、我が領地でも薬草をきちんと選り分けられる人員が欲しい。

（これでようやく、うちの領地の疫病対策は盤石になるな。今までは無理やりスライムを酷使して、水を浄化して街を清掃して害虫を片っ端から駆除したりして、間接的な衛生対策をとっていたけど、それだけだと心許ない。いや、十分に衛生的なんだけど、欲を言えば薬も欲しい。病気になった時に薬で治せるだけのきちんとした医療環境を固めるのは、大事なことだからな）

いっそのこと、ゴブリンやコボルトの取ってきた薬草をセント・モルト白教会に引き取ってもらうのがいいかもしれない。そうすれば白教会の司教も強く反発しにくくなるはずである。

第20話　料理の実演販売・マッサージ業

2078日目～2102日目

粗塩、香草、骨の煮汁――それらを駆使して、うちの領地の料理を少しでも美味にしようと努力してきたが、それがついに実を結びつつあった。

根菜類とミミズ肉のつみれ入りスープ。

干し肉と山菜のサラダと、野菜の皮の漬物。

海魚とキノコのムニエル。

メインディッシュに、イノシシ肉の香草・粗塩焼き。

デザート代わりに、柑橘類の皮、はちみつ、そして少々のラム酒を混ぜ込んだ大麦パン。

バスキア料理といえばこれ、と雛型らしきものが出来上がった。ミミズ肉も、海魚も、キノコも、イノシシも、はちみつも、すべてが魔物である。

あとは、これを積極的に輸出するのみである。

(そうだな、この料理を実演販売させて他領地にも売り込むか)

バスキア料理を売り込むにあたって、俺は実演販売方式を取ろうと考えていた。本来なら料理をアピールするのは貴族のパーティの場が主なのだが、俺はあえて逆を突いた。

確かに貴族のパーティで美味しい料理を振る舞えば、「うちの食文化はこれだけ豊かなのだ」と他領地に対して自慢ができるし、高位貴族や商会に売り込むこともできる。そうやって有力者を抱き込んで販路を得るのが普通のやり方だ。

実演販売とはこうだ。他領地に露天販売のお店を出して、目の前で料理をして売るだけ。いきなり平民相手にうまそうな料理を作って振る舞うことで、あとは口コミで人気になるのを待つのだ。

幸い、バスキア領にはいろんな行商人が足繁く通っている。そのうち適当な奴らを捕まえて協力を持ち掛ければよい。行商人をやるやつなんて、ほとんどが自分の店を持ちたいがまだ持てずにいる連中だ。金主になってくれそうな俺の言うことは大概聞いてくれる。

料理人もたくさんいる。わがバスキア料理の開発にあたって、レシピ開発を一緒に試行錯誤してくれた人は数多くいる。暇そうなやつを俺が勝手に任命しただけだが。

実演販売のときの料理は彼らに任せればいいだろう。重い荷物はスライムが運べばいいし、赤字が少々出ても構わない。バスキア領の料理は美味しい、というアピールさえできれば長い目で見て元が取れる。

なぜなら、「この美味しい料理のレシピを教えてくれ！」と言い出す奴をつり出すことが目的だからである。

（魔物料理について真剣に取り組んでいるのはバスキアだけだ。魔物はどこにでもいる。同じく食料不足に悩まされている領地に対して、魔物を美味しく食べられる調理法は、恰好の売り込み材料になるはず）

まとめて大量に食材を仕入れてくれる人にのみ、うちのレシピを提供する、と持ち掛ける。そうすれば、いずれは太い客を獲得できる。

なかなか太い客が見つからなくてじわじわ赤字を垂れ流すだけになったとしても、最悪問題ない。バスキア料理は美味である、という喧伝になれば、我が領地に観光目的で来てくれる人が増えるかもしれない。

いきなり目に見えて効果が出る施策ではないが、俺はきっとこのバスキア料理が、この領地に大きな儲けをもたらすことを確信していた。

2103日目～2129日目

ふと思い立ってマッサージ業を始めた。スライムの分離体たちが、身体の凝りや疲れを癒やすマッサージを行い、ついでに身体の垢汚れやムダ毛を食べてくれるというものだ。

森で取れた香草をふんだんに使ったアロマの香油を使い、全身を揉みほぐす。ついでに髭剃りや散髪（というよりスライムが毛を食べるだけだが）も行う。暖炉に火をくべて、適度に暖かい室温を保ちつつマッサージするのがコツである。

気持ちよさのあまり、途中で眠ってしまう人もいる。そういった人は砂時計が落ちきるまでは放置して、砂時計が落ちきったころで身体をゆすって起こしてあげる。

こんな簡単な商売が人気になるはずがない、ちょっとした小遣い稼ぎにしかならないだろう――

と最初は思っていたが、その予想はいい方向に外れて、今やマッサージ業はこのバスキア領の名物になりつつあった。

たくさんの人が利用できるように、公衆浴場の横にマッサージ施設を併設した効果が早速出たわけである。あるいは、たくさん人を相手にするにつれて、スライムが段々人体に詳しくなって、マッサージのコツをつかんだのかもしれない。いずれにせよ、うちの領地の人たちは喜んでこのマッサージを利用した。

（まあ、元手がほとんどかからないからな。マッサージを行うのはスライムの分離体たちだし。香油と薪を継ぎ足す人がいれば、あとは十分成り立つ）

バスキア風マッサージと名付けられたこのマッサージは、いまやバスキア領の高級宿にも導入されるぐらいに人気となった。気が付けば、よそから訪れた貴人をもてなすことができるぐらい、十分な売り物となったわけである。

（まさか、こんなところに金の鉱脈が眠っているなんてな……思いもよらないことが金儲けになるもんだな）

瓢箪から駒が出るとはこのことである。案外どんなアイデアでも実行してみるものだな、と俺は思うのだった。

2130日～2153日目

小麦の収穫作業から脱穀作業までをスライムに覚えさせる。

いままで木材・石材の調達とか、道の舗装とか、水路の工事とか、そういった大規模な作業にばかり意識が向いていていたので、こういう細かい仕事をスライムに引き取ってもらうことが疎かになっていた。雇用保護の名目もあったし、大鉈をふるうのは控えてきたわけである。

だが、どうにもこっそり小麦を盗んだりする不届き者がいるらしく、仕方なくスライムに任せることにした。本当にバスキア領は治安がよくない。スライムが暴行犯罪や強盗を取り締まっているので表面上の治安はとてもいいのだが、こういう細かい犯罪がやたらと頻発していて困る。

(小麦の刈り取りはスライムに任せるとして……人じゃないとできない作業と切り分けるか)

黄褐色に変わった小麦の刈り取り作業。

麦を小さな束にして結ぶ、麦束づくりの作業。

乾燥させるために、風通しの良い場所に広げて並べる作業。

穂から実を落とす作業。

実を篩にかけて殻、茎、穂軸、石などの不要物を取り除く作業。

唐箕を使って、軽い実と良い実を選り分ける精選作業。

かびた粒、変質して色の変わった粒、病害虫に侵された粒を取り除く作業。

精選した実を、網かごの上に広げて天日干しして乾燥させる作業。

うちのスライムは器用なので、きっと精選作業や病気の粒を取り除く以外は上手にこなせるだろう。病気の粒を取り除く作業も、ある程度はやってくれるかもしれない。

だが当然見落としはあると思うので、ここでゴブリンやコボルトにだめな粒を取り除く仕事を任せたいところである。

スライムにも視覚や嗅覚はあるのだが、人間よりも弱い。全身に神経が通っていて感覚受容器がむき出しである半面、触覚以外の感覚はわりと鈍感である。

高位階梯のスライムなので、もしかしたら視覚も嗅覚も高度に発達しているのかもしれないが、それでも本体から切り離した分離体に作業をさせるので、あまり期待はできないだろう。よって視覚や嗅覚を用いて危ない粒を取り除く作業には、ゴブリンやコボルトも参加させる。

（本能で俺に逆らえないと痛いほど学んだゴブリンやコボルトのほうが、ある意味信頼できる）

皮肉な話だが、いつの時代も悪い人間が足を引っ張るのだ。

2154日目～2188日目

とうとう子爵に叙任されることになった。異例の出世である。この根回しの速さは流石チマブーエ辺境伯というべきか。叙任式はチマブーエ辺境伯の邸宅にて執り行われる。

併せてバスキアの地の城伯にも任命された。伯爵という言い回しは、かつての古代帝国属州の政務官の補佐役を指した語に起源を持つ。つまり、王国の西方の州の政務を任されたチマブーエ辺境伯の補佐となるため、バスキア領の城塞や都市の司令官である城伯に任じられた、ということになる。ややこしいしちょっと今の制度とずれている気がする、が気にしない。

領地について五年程度。異例の速度で城伯に出世した俺に任された役目は、簡単なものだった。

「バスキア港の管理、バスキア洞窟迷宮とバスキア森林迷宮の調査と開拓、これらをチマブーエ辺境伯の配下と共同してあたること、だと」

なんとも嫌な指示である。ピンポイントで急所を押さえられてしまった。相手がどうとでもなりそうな雑魚伯爵ならともかく、百戦錬磨のチマブーエ辺境伯との共同作業となると結構厳しい。おいしいところは取られて、面倒な仕事は押し付けられるような気がしてならない。だが王国法の制限で、高位貴族と協力してあたることが指定されているので、チマブーエ辺境伯の協力を仰ぐのは不可避である。仮に今から他の伯爵を探そうとしたところで、チマブーエ辺境伯に逆らうような真似をする奴はいないだろう。詰みだ。

──優位をとれる相手には、優位をとれるうちに徹底的に主導権を握ること。

チマブーエ辺境伯から教わった手管の一つである。飼い殺しという表現の方が正しいかもしれない。本当にこの御仁は侮れない。

こうなっては笑う他ないな、と苦笑いを浮かべていると、チマブーエ辺境伯が声をかけてきた。

「文句はないはずですよ。あなたの欲しい権限はすべて私が与えました。士爵位のままでは開港も迷宮開拓も何もできなかったはずです。それに、権限の拡大に伴う異例の出世で周囲からやっかみを買っているところを、私がとりなして差し上げます。周囲にやたらめったら喧嘩を売るようなあなたが、陰惨とした権力社会の貴族界にいて、今もなお首と胴体がつながっていることに感謝なさいな」

「しかしこれでは、おいしい部分を全部進呈しているようなものだ。迷宮開拓も港の管理も独自裁量が認められてこそだ。やる気なんて出るはずもないですよ」

「そこを交渉なさいな。お勉強ですよ。いつでも付き合って差し上げます。一つ助言をすると、私も海軍の運用に明るくありません。元々はこの一帯を支配していた海賊たちなのです、彼らをうまく使いこなしなさい。そうすればあなたにとって旨みのある状況を作り出すのも難しくはないはずですよ。あなたに裁量を与えますから、自由におやりなさい」

これである。まるで先生に教わっているような気分になる。

きっと若いころは、美貌とこの手管で大いにもてはやされたに違いない。子爵位叙任祝いということで振る舞ってもらった高価な酒は、少々口に苦いものであった。

幕間　ケルシュの姫の独白

INTERLUDE

ケルシュの一族といえば、リーグランドン王国の森林に住んでいた狩猟民族である。彼らは狩猟の神を信仰し、王都外れの森の近くに住まい、魔物の狩猟と革の加工を生業として日々を営んできた。

しかし、五十年前に発生した魔物の大群暴走により、ケルシュの集落は壊滅してしまった。戦える男手はことごとく命を落とし、残された女性や子供たちは王都の貧民区画に身を寄せるほかなかった。

思えば、魔物暴走で全滅してしまった民族もいるので、ケルシュの民族はまだ恵まれていた方だったかもしれない。それでも決して楽な日々ではなかった。

（故郷を失って一年。まさにそんなとき、我々一族の追放が決まったのだ）

貧民区画にある修道院や教会に身を寄せて、何とか細く慎ましい生活を続けたケルシュの民だったが、ついにリーグランドン王の判断で、辺境の地バスキアへと追放されてしまった。

民族の事情も宗教もろくに考えず、ただ未開拓の地が余っているというだけで実行された、冷酷な決断。これは事実上、国に見放されたも同然だった。貧民区画とはいえ王都に残れた者たちと、王都にさえ残れなかった者たちと、ここで運命が大きく分かれたといえる。なにせバスキアの地には、何もないのだから。

事実、バスキアに追放された者たちは、約半数が十年以内に消息を絶ったとされる。

（だが、我が一族は五十回にものぼる過酷な冬を生き延びてきた。野草を食らい、魔物を食らい、必要とあらば人を襲った）

悪名高い野盗だと謗られたことがある。浅ましい奴らだと見下されたこともある。

だが、ケルシュの一族はそれでも泥水をすすって生き延びてきた。

だというのに。

「――何者なのだ、あのアシュレイという男は！　わが一族を野盗だと愚弄しおって！」

「姫様、落ち着いてくだされ。あの男に逆らってはなりませぬ」

姫、とは言われているものの、実際は少数部族の族長の娘。童話に出てくる姫のようなきらびやかな生活は、一度たりとも送ったことはない。

だがケルシュの姫は、気位の高さだけは王族にも負けたことはない。生活が豊かではなくとも、せめて心意気は人一倍峻烈であるべきだと考えている。

そこにきて、あのふざけた態度の領主が現れたわけである。

気位も全く高くないし、それどころか、あの男は自分がいかに馬鹿にされようとも全く気にもしないのだ。衝撃だった。そんな支配者など聞いたこともない。腑抜けているのだ。

そんな奴に支配されているのかと思うと、情けなくて涙が出た。

（少しでも自分をくさして馬鹿にする風聞があれば、そこからどんどん尾ひれがついて、やがて民心がはなれていく。父に教わったことだ。だからこそ支配者は苛烈でなくてはいけないのだ。……だというのに、だ）

だが、あのアシュレイはいくら馬鹿にされようと寛容に振る舞った。その振る舞いは無知蒙昧にも思われた。

気概はないのか、と思うほどだった。実質的に政治のほとんどを領主代行の男に握られてしまっていて、なんと腑抜けた奴だと腹が立ったほどだ。

威厳もなければ覚悟もない。

しかし。

いつの間にかあの男は。

絶対の君主として、畏怖をもってしてバスキアの地に君臨していた。

(気さくで柔和で、面倒くさがりで適当な、そんな男だったはずなのに、なぜいつの間に、誰もあの男に逆らえなくなっているのだ……)

仮面が剥がれ落ちたわけではない。突如凶暴になったわけでもない。最初からずっと彼はあのままだった。

ただ、アシュレイを侮った結果、彼に逆らって晒し上げにされる人たちが徐々に現れただけだ。

アシュレイは過ちを許す。かなり寛容である。〝裸で踊って面白かったら許してやる〟と尊厳を踏みにじる以外のすべてにおいて優しい青年である。

他の貴族であれば即刻斬首沙汰であるような大きな罪であっても、アシュレイは一度反省の機会を与えるのだ。

そしてアシュレイは非常に多く取り締まる。天網恢恢疎にして漏らさず。

アシュレイの使役するスライムは、街中どこにでも目と耳を持っているのではないかと思うぐらいに悪事をすぐに取り締まった。

それゆえに、彼の領地は驚くほど犯罪が少なかった。民への弾圧がある領地並みの犯罪率の少なさであった。

（あんな為政があるというのか。あれほど自由で、突拍子もない、理屈をねじ伏せるような、私には思いも及ばない……）

バスキアの領地は驚くほど発達し、民は驚くほど豊かな生活を享受している。思い付きが次々に形になっていき、山積みであった課題は目に見えてどんどん潰されていく。同じことをやれと言われても、彼女には絶対にできないだろう。

だがこれは、アシュレイの寛容さあってのこと。もし彼の機嫌を損ねてしまったら、一体どうなってしまうというのか。

ケルシュの姫は、あの青年が横暴な圧制者に豹変した時のことを想像した。

もし仮に、一晩の褥を共にすることを強要されたらどうなるのだろうか。そうなったとき、強く彼を拒むことはできるだろうか。

（ありえん。あんな失礼で軟弱な男なんかに、私がほだされるなど……っ！）

そう、そのようなことは、あってはならない。絶対にそんなことはあってはならない。

第22話　定置網漁の実施・森林迷宮開拓

EPISODE 22

2189日目〜2216日目

貿易港も順調に建設が進み、かなり立派な景観の港町になりつつあった。とはいえ港に店を構えてもらう商会を現在調整中であり、取り扱う商材もまだ決まっていない。さらに交易先も今から新たに調整する必要があるため、港だけ出来てもすぐに貿易は始まらない。

ではその間、海賊にどんな仕事をやってもらおうか。

ずばり、漁業である。

「定置網漁をはじめとした沿岸漁業を実施してもらおうか」

定置網漁とは、海底に網を設置して、やってくる魚を待ち受ける漁法である。

金属の錨と重石代わりの土俵を使って網を海底に固定させて、奥に入ってきた魚がなかなか出ていくことができないような網の張り方をするのだ。

入り口に誘導する垣網と、自由に泳げる広い空間と、奥に待ち構えてある箱網と。

箱網に入る誘導路（昇網）はどんどん狭くなっており、出ていくには狭くなった口にもう一度入るしかないのだが、魚の習性上そこにまっすぐ飛び込むのは困難である。

幸い、海賊たちは漁業に明るかったので、コツを教えたらすぐにそれを実践してくれた。というよりも彼らの方が俺なんかよりも遥かに詳しかった。本で読んだ程度の付け焼き刃の知識では、到底本職の彼らには敵わない。彼らは海の専門家である。

こちらができることといえば、定置網の設置をスライムに任せたり、破けている定置網を見つけたらスライムに直させたり、勝手に網に付着して網を食べる苔を除去してあげる程度のことだ。あとは、海賊の代わりに指先の器用なゴブリンたちに網を作らせるぐらいか。

今は沿岸漁業のみに専念させているが、いずれ性能の良い船を造ることができた暁には遠洋に繰り出してもらうのもありかもしれない。

2217日目～2244日目

エルフとの交渉に成功し、森林迷宮の開拓の認可が得られた。何度もあきらめずに粘り強く交渉したおかげもあるが、何よりも評価されたのは俺の領地政策である。

褐色エルフのカシャッサ曰く（例のごとく彼女はとても旨そうに煙草を吸っていた）、異種族との融和を積極的に推し進めている俺の姿勢が高く評価されているという。山のドワーフたちと友好的な関係を築き上げているのみならず、ゴブリンやコボルトとも融和して生活しているというのが、エルフから見てとても好印象だったらしい。普人族から迫害を受けてきたエルフたちからすれば、魔物を迫害せずに共存しているわがバスキア領は、信用に足る相手だと判断したのだろう。

（まあ、共存というほど仲がいいわけじゃないのは向こうも承知の上、だろうな）

この大陸で最も信仰されている宗教、白の教団の教義では、魔物を創世神の被造物だと認めていない。意志と言葉に神聖な力が宿るとされる教団の教えにおいては、会話が通じず意思疎通のできない魔物は異質な存在なのだ。

言葉に力が宿るから、この世に魔術が存在する。そして魔術は神の御業である。

そんな神聖な力を持つ〝言葉〟が通じず、また〝意志〟さえ持たない魔物なる存在は、白の教団の救済の対象から外れている。

過激な一派に至っては、魔物を邪なるものと断ずる一派さえある。亜人族さえ救済の対象から外れる。セント・モルト白教会もその一つ。

そんな情勢だから、エルフは人間たちを警戒しており、人との交流を最小限に保とうとする。

一方で、ゴブリンやコボルトを奴隷ともせず、曲がりなりにもうちの住民として迎え入れている我がバスキア領のあり方は、この白の教団の影響をほとんど受けておらず、亜人たちにとっても特異な存在である。

総合的に考えたとき、迫害を恐れるエルフらにとって我がバスキア領は、比較的穏当な交流を持てるほぼ唯一の領地になっているのだ。

「……お前、誠意、ある。そして、調薬の知識は、戦の、武器にあらず。森の恵みも、限られた量なら、分け与えてよい。……それが、我らの、答え」

（だとしてもだ。気難しいとされているエルフから、森林の探索を許可してもらえたのはとても大きい。森林迷宮からは洞窟迷宮と比較にならないほどの資源が手に入るはず）

森林開拓をできるとあらば、非常に大きな収穫が期待できる。

木材も然り、薬草も然り、果実や野菜も然り。

加えて、魔物の皮や肉も手に入るとあれば、捕らぬ狸の皮算用をしないものはいない。

もちろん、エルフに許可を取っての開拓となるので、思い切った大規模な採取はできない。森林迷宮はエルフの資源でもある。むやみやたらと乱獲することはできない。

それでも、エルフへの心付けや便宜次第では、森林迷宮の拡張・整備や、迷宮の環境を使った魔物の養殖なども柔軟に許してくれるだろう。

ともあれ、森林迷宮の調査と開拓がこれで始まったわけである。これからが楽しみである。

第23話　製紙業の発足・卓上遊戯の発明・スライムの異変

EPISODE 23

2245日目～2271日目

魔術書をたくさん読みたいと思い立ったので、どうせならと製紙業を発足させることにした。紙がたくさん使えるようになれば上等な魔術書を書いてくれる人がこの領地に来てくれるんじゃないか、という安直な発想である。もちろん衛生環境が整っていて水も潤沢で料理もそこそこおいしいこのバスキアは、魔術師が研究生活を送るにはそう悪くない環境だと思ってはいる。

紙の材料は歴史とともに変わってきた。

王都では主に羊皮紙が使われているが、実は歴史はカヤツリグサの一種である水草を使うパピルス紙の方が長い。王都でパピルスが使われていない理由は、水草を手に入れるのが困難であったことと、羊皮紙は折り曲げに強く丈夫で冊子に加工しやすかったという二点が理由だ。

一方で、俺が取り組んでいるのは羊皮紙ではなく、〝放馬灘紙〟と呼ばれているもの。正確に言えば放馬灘紙をより発展させたものである。

まず、材料として麻布、麻のぼろ、樹皮、漁網を集める。エルフの許可を得て森林迷宮の開拓ができるようになったので、樹皮は簡単に集まるだろう（変なことをするんだな、とエルフたちには奇妙がられたが）。ここは問題ない。

次にそれらの材料を細かく切り刻み、灰汁で煮込んで繊維を取り出してから臼で挽く。

そしてもう一度水の中で繊維をふやけさせて、網で漉くのだ。

最後に網に残った繊維を枠ごと乾燥させれば、紙となる。

そんな放馬灘紙だが、正直、質はよくない。表面の滑らかさやにじみの少なさで比べると、羊皮紙のほうが圧倒的にいいし、羊皮紙のほうが厚みも羽根ペンに適している。

だがバスキアの場合、放馬灘紙は大量生産できる。それも圧倒的にである。森林迷宮の復元力を損なわない程度に資源調達すれば、ほぼ永続的に紙資源を作り出せるし、製紙作業はスライムに任せればいい。質は後から追い求めればいいと考えると、大量生産ができるという点で放馬灘紙のほうに軍配が上がる。

（うちのスライムに木材の端材やら樹皮を与えて、細かく破砕する作業と、灰汁で煮込む作業と、煮込んだ材料を石臼で挽く作業と、網で漉く作業をやってもらったら、後は勝手に紙ができる）

工程を見れば、どれもさほど難しい作業ではない。スライムに全部任せてしまっても問題はなさそうであった。強いて言えば、灰汁で煮込んだ材料がきちんとふやけているかどうか確認する作業員が一人必要だが、あんまり気にしなくてもいいかもしれない。

ともあれ製紙業もついに発足である。目指すは、紙をバスキアの商品の一つとして輸出できるような状態。図書館の火災などで複製品の本が燃えてしまって、もう一度書物の複製を作らないといけなくなったりしたときに、うちの領地にその業務を格安で委託できるような、そんな環境にしておきたい。

2272日目〜2296日目

卓上遊戯をたくさん思い出したので、その製作をドワーフに持ち掛けてみた。知的好奇心の強いドワーフの職人ピニャは、俺の提案を大変快く引き受けてくれた。

これは聞きかじりの知識になるのだが、どうにも/ˈbɔːrdgeim/なる卓上遊戯が異世界に多数あるらしい。

かつて所属していた英雄パーティで聞いたものは、
reversi：相手の石を自分の石で挟むことによって自分の石へ変換する盤上遊戯。

chaturanga：歩兵、馬、車、大臣、王などの駒を交互に動かして、相手の王を取る盤上遊戯。

tabula：サイコロで出た目の数だけ進み、盤上に配置された駒をどちらが先にゴールさせられるかを競う盤上遊戯。

というものがあった。

これらをバスキアンゲームと題して考案して出荷すれば、きっと娯楽産業としていい儲けになるはずである。

「へ〜え？　ドワーフにもそういう遊びはあるよ？　お兄さんもやってみる？」

「俺が勝ってもいいのか？」

「……え〜？　そんなこと言っちゃうんだ？　かっこいいね〜〜、絶っ対、負けられないねえ？　お兄さん、後で泣いちゃだめだよ？　こんなこと言って負けちゃったらぁ、情けないもんね〜〜」

「お前、そういうとこだぞ。うちの領地の職人が、みんな揃ってお前に一泡吹かせようと目の色を変えてるんだ。発破をかけるのはいいが、あまりやりすぎるなよ」

「とかいって話を逸らしちゃって〜、勝負しないの？　負けちゃうのが怖くなった？　大丈夫、ぶざまに負けちゃっても、いい子いい子してあげるよ？　ピニャね、よっわいお兄さん大好きなの。あーあ、ピニャね、アシュレイお兄さんのこと、悔しいね、悔しいね、ってよしよししたいな〜〜？」

「おうよ、やるか。逆にお前が負けたら、しばらく茶菓子抜きな」

「!?」

　等のやり取りがあったりなかったり。

　かくして、いくつか盤上遊戯のルールを調整してから、スライムに石材をたくさん加工させて、うちの商品としてルールごと輸出を行った。

（今どき、娯楽なんてほとんどないからなあ。外に出て虫を捕まえるとか、追いかけっこをするとかその程度だ。卓上遊戯を売り出したら、きっとみんなドハマリするだろうな）

　個人的に期待しているのは、この娯楽がいわゆる外交道具にならないだろうか、というものだ。一局やりませんか、といった雰囲気を作り出すことに成功すれば、王国の偉い人たちと一席設ける理由に事欠かない。政治にはあまり興味がないが、踊れもしない舞踏会に誘われたり、何かしらのお祭りやらで大人数の貴族を一気に相手しないといけないよりは、卓上遊戯で限られた人とだけ交流すればいいこっちの方が嬉しい。

なお余談だが、ピニャとは滅茶苦茶いい勝負だった。まさか俺と互角に打ち合える奴がいるなんて、と感動したものである。勝敗？　それは神のみぞ知る、である。

2297日目～2316日目

最近スライムがやたらめったら俺に甘えるようになってきた。

もとより、スライムは俺の生命線。四六時中ずっと核の部分を大事に抱えて一緒に過ごしていたが、そのおかげなのか最近魂の結びつきがさらに強くなった気がする。

だが、スライムが求めるのはおそらく餌だ。多分餌が足りないから俺にねだっているんだろう。

今までの経験からそう推察した俺は、道路の拡張だとか、井戸の深掘りとか、今は急がないがいずれ必要となる土木作業をどんどん任せていくことにする。これでたくさん食べてくれ、と思ったのだが。

（……俺を食べようとしている？）

与える餌をどんどん増やしても全然スライムの甘えっぷりは変わらなかった。

俺の身体にのしかかるようにすり寄ってくるスライムを見ると、どうにもちょっと怖い気持ちが湧いてくる。もしスライムに食べられたら俺はひとたまりもない。

だがスライムからは害意を感じない。もし単純に俺に甘えているのであれば、押しのけるのも可哀そうである。

それならいっそ、喰うなら喰え、と身体を差し出したほうが踏ん切りがつく。どうせ向こうが食べる気なら、どんなにあがいても一瞬で食べられてしまう。俺ができることは全部無駄な抵抗というものだ。

（どうせならスライム娘に食べられたいんだけどな、いろんな意味で）

なんて下らないことを考えていたら。

スライムが俺の口に、口づけを始めた。そして、そのまま緩やかにその姿を変えて——。

第24話　スライムの変貌・土壌改良・街灯の設置

EPISODE 24

2317日目〜2351日目

困ったことが発生した。

つい先日、スライムの姿が変わって、透明な女性になったのだ。

顔立ちはおそらく整っているのだろうが、透明なので細部がよくわからない。ぱっと見は、可憐というよりは美しさを思わせる相貌である。

しかし、スライムは相変わらず喋ろうともしないし、俺のそばから離れようともしなかった。おかげで、無抵抗な女を侍らせている悪趣味な奴のように見えなくもない。ちょっと困る。

「すまないが司教さま、こいつは世間話だと思ってほしいんだが、スライムと結婚することは可能だろうか?」

「は?」

念のため、セント・モルト白教会のクソ司教に確認したところ怪訝な顔をされてしまった。当然だめであった。そうなると非常に悩ましい。

(……もっと貴族としての力をつけて、周囲に認めさせるしかないのか)

司教には「いやなに、興味のない連中からくる鬱陶しい婚姻の申し込みを避けるためにね」と濁

しておいたが、司教の目はまだ怪訝そうなままだった。疑念が晴れたかどうかは怪しい。

とりあえず、スライムには俺の十個の指輪のうち一つを渡しておいた。ちょっとした気持ちの表れである。病めるときも健やかなるときも――なんて思っていたら、意味を分かっていなかったスライムはとても喜んで、それをぺろりと食べようとしていた。さすがに慌てて止めたが。

……もしかして結婚したいというのは俺の自己満足なのだろうか。

2352日目～2384日目

ここのところ土壌の質が良くなってきた気がする。

絶え間なく吹いてくる潮風のせいで、油断すると塩分濃度の高い土壌になってしまうのだが、アッケシソウやフィコイド・グラシアルなど、土から塩分を吸い上げる野菜を植えれば除塩ができる、とチマブーエ辺境伯から教わったので、ここのところは除塩にもさほど苦しんでいない。

土壌の質が良くなってきた理由の一つに、肥料の質が良くなってきた点も挙げられる。

魚の鱗や魚の骨を煮込んだ後の出汁ガラ、魔物の骨を煮込んだ後の出汁ガラ、そういったものを砕いて魚骨粉や肉骨粉にして田畑に撒くと、立派な肥料に早変わりする。ここ数年は、魔物を罠にはめて仕留めたり、船を出して漁獲しているので、この辺の肥料を前よりも与えられるようになったと思う。

輪栽式農業を実施していても、肥料を与えなくていいわけではない。むしろ野菜の収穫量を増やせるような肥料の組み合わせを突き詰めれば、もっと生産性を上げられるはずなのだ。

今は、スライムがつまみ食いするついでに、骨を粉砕して骨粉にする作業や土を耕す作業をやってくれているので、人手もほとんどかかっていない。

なんとなれば、虫の卵を発見次第食べてくれるので、虫害もぐっと少なくなった。干ばつが起きても川の水を引っ張ってこられるのでさほど困らない。農作物と相性の良い除虫薬の組み合わせも研究中である。

ここまでして、うちの農生産が安定しないはずがない。

(そういえば、チマブーエ辺境伯が魚醤を作った後のカスをポモドーロに与えているって聞いたな……鉛皿で食べるのは厳禁らしいが、うまみが増しておいしく育つとか言ってた気がする)

先人に倣え、という言葉がある。

せっかく土地の開拓を簡単にできるのだから、スライムの力をがんがん借りて、どんどん先人の真似をして取り入れてもいいかもしれない。

385日目～2416日目

ここのところ潤沢に魔石を採掘できるようになったので、魔石を使った街灯を設置することに決めた。

夜でも道を明るく照らすことで、防犯性を高めるのと同時に、夜間の移動での転倒による怪我を防ぐなどの効果もある。それになにより、おしゃれだ。うちの領地の景観をよくする効果としてはこの上ない。

遠目からでも明かりが目立つことで、夜に魔物に襲撃されるのではないか、という意見もあったが封殺した。スライムが防いでくれるからだ。魔物が寄ってくるならむしろ好都合。スライムの餌が増える。

(他にも理由はあって、ゴブリンやコボルトの風評被害を払拭するためというのも一つだ。夜の暗闇にまぎれて窃盗しているんだろうとか、そんな適当なことを言う奴がいるから、配備を急がせた)

ゴブリンやコボルトたちへの誹謗中傷。これらを放置するとどんどん尾ひれがつくのは目に見えていた。内乱が起きるのはまずい。正直一瞬で鎮火できるとは思うが、それでも住民の心情的には気持ちよくないだろう。

どうしても、こういった偏見は簡単には拭い去れないもの。時間をかけてゆっくり誤解を解いていく他ない。

理想を言えば、ゴブリンが盗むのと同じぐらい人間も盗む、というぐらいの認識にできれば幸いである。どこまで頑張っても、まあ、性根の悪いゴブリンも性根の悪い人間もいるのは仕方ないのだから。

(まあ街灯がたくさん増えたことで、夜も大きなお祭りをできるようになったのはいいことだな)

街灯を増やしたことには、他の狙いもあった。それが祭りの開催である。

通常、夜といえば、せいぜい領主の館で舞踏会だとか、どこかの館でサロンを開いたりするぐらいが関の山である。催し事を開くのに夜はあまり適さない。

他の領地からやってきた貴族をおもてなしする選択肢は結構限られてくる。かといって舞踏会やサロンを開くつもりはさらさらない。来賓をおもてなししつつも、堅苦しいお付き合いは避けたい。

ならばどうするか、というと夜まで続くお祭りをたくさん開いちゃえ、となるわけだ。

街灯が煌めく夜、特設された舞台。そこに楽団を招いて曲を演奏してもらい、大道芸人に芸をしてもらう。それを特等席で貴賓らが眺めつつ、お酒と軽食を楽しむ。俺はその間何もしない。勝手に楽しんでもらう。それだけ。

確かに俺はバスキア領の領主ではあるのだが、周囲の貴族との関わり合いは最小限に押しとどめたかった。

（住民同士の融和も促進できて、バスキアの名産品の宣伝にも使える。それに俺は、面倒な社交ダンスやらを覚えなくて済む。一石三鳥とはこのことだな）

個人的には最後の理由が大きい。堅苦しいやり方は嫌いなのだ。様々な観点からも、夜まで続く祭りの開催はうってつけであった。

第25話 植林の開始・ガラス工房の新設・レンズ作りの発足

EPISODE 25

2417日目〜2451日目

普人族には珍しいがエルフには馴染み深い概念として、「植林」という営みがある。

考えはいたって単純で、木材を使った分だけ木々を植えるというもの。普人族の視点で考えると、効果が出るまでに何十年もかかるため、自分の世代では効果がほとんど望めず、さらにはやたらと費用もかかる。軍の増強や貧民への救済施策、鉄器増産や建築資材確保を優先して、植林がなおざりになるのも仕方がないといえる。

ましてや、魔物の住処にもなってしまう森は、いたずらに増やすと管理が難しくなるというもの。一般人は貴族の許可なしには植林できないように王国法で規制されている。以上が、普人族社会であるリーグランドン王国で植林が珍しい理由だ。

だが、悠久の時を生きるエルフにとっては事情が異なる。何十年という時の長さは、千年を生きる彼らにとっては十分待てる時間。それにエルフは木々の呼吸で吐き出されるマナを活用して生きている種族でもあるので、木への信仰は深い。

「うちの領地は、エルフたちに倣って、植林を積極的に行おうと思う。スライムにやってもらったら負担もかからないしな」

「……よい心がけ。植林に、理解ある領主、珍しい」

バスキア領の領主邸宅の客間で、褐色エルフのカシャッサは鷹揚に頷いた。やたらと香りの強い煙草をふかしながら、彼女は「木を無駄遣いする領主、多い。……その点、お前、先を見ている」とどこか誇らしげに宣っていた。なぜ彼女が誇らしげなのかはわからないが。

（まあ植林活動に費用をかけたとて、バスキア領にとってそこまで懐も痛まないしな。半ばエルフたちに向けたパフォーマンスのようなものだし、長期的に見ても悪い話ではないはず）

温帯湿潤な気候であれば放っておいても木々が育ってくれるのだが、このバスキアはやや潮風が強い。自然の復元力に任せるのは少々心許ない。

木々を植えることは洪水対策にもつながる、と耳にしたことがあるので、その意味でも一考の余地はあるだろう。

（せめて十年ぐらいで伐採できるような生長の早い木がないか探してみるかな）

どうせ植林を行うのなら、うちの資源に有効活用しやすい木材がよいだろう。薪材にしたり船の建築資材にしたりと、木材は何かと入用である。今焦って伐採を無理に進めても、将来に木材が枯渇するほうが弊害も大きい。

領地経営に余裕ができつつある今、森林資源に対する長期投資だと考えれば、植林を手がけるのもそこまで抵抗はなかった。

2452日目～2477日目

我がバスキア領でもガラス工房を新設することにした。

とはいえ全くの知識ゼロからのガラス工房設立なので、最初はそこまで高度なものを求めないつもりであった。

高度な工芸品を作るには、まだ道のりは遠い。

今作るのは、もっと単純なガラスだ。

（地面に穴を掘って鋳型を作り、そこに溶融ガラスを流し込む板ガラス生産。この方式では鋳型を土で作るから、砂が混入して透明度がぐっと減るという欠点がある。だが、うちの領地に限って言えば気にしなくていい）

鋳型の表面をなぞるように溶融ガラスを薄く流し込むと、砂の混入した薄いガラスができる。その上からもう一度溶融ガラスを流し込むと、砂はほとんど混入されない。

後は、冷やしてから、スライムに最初に作った部分を食べてもらえば完璧である。

（理想を言えば、銅の鋳型を使ってガラス作りをしたいんだけどな）

裕福な領地になってくると、銅の鋳型を使って、砂の混入しない純度の高いガラスを作っている場所もある。だが我がバスキア領では、それに踏み切らずいったん保留している。

今わざわざそこまで設備投資をしていないのは、純度の高い板ガラスにどこまで需要があるかが不明瞭であることが理由の一つである。バスキア工房のブランド名はそれなりに有名になっているが、それは石造りの調度品で広く知られているだけであり、果たしてガラス産業に新規参入しても顧客(こきゃく)を引っ張ってこられるかは分からない。無理やりセント・モルト白教会にステンドグラスを買わせるという手はあるが、それ以上続かない。

よって、設備投資に費用をかけるかどうかは慎重(しんちょう)に検討したいところであった。

(でもまあ、最悪すぐにお金にならなくても問題はない。純度の高いガラスを生産できるというのが重要なんだ)

俺(おれ)が今、純度の高いガラスを求めているのは、商売上の理由だけではない。むしろ、それは主題ではなかった。

目指すのはレンズ作りである。

(レンズなんて使い道が分からない、という奴(やつ)もいるが、結構ねらい目だと思うんだよな。世に知られているレンズは、質が悪いか、闇雲(やみくも)に高額なものがほとんどだから、有用性に気付いている奴は少ない)

レンズには夢がある。

星を見る望遠鏡を作って、星図の作成や天測器(アストロラーベ)の作成を盛(さか)んにして占星術(せんせいじゅつ)の研究者を集めたり。

遠くを見る双眼鏡(そうがんきょう)を作って、魔物の大群暴走(スタンピード)をいち早く察知したり、他領地の軍の動きを偵察(ていさつ)したり。

小さいものを拡大できるルーペや顕微鏡(けんびきょう)を作って、昆虫(こんちゅう)の卵の生態研究を進めたり、宝石の原石の傷を調べやすくしたり。

たくさん質のいい眼鏡を作って、加齢により視力が低下して文献を探したりするのが困難になった初老の魔術研究者などを招聘して、まだまだ研究できますようちの領地で活動してもらったり。

このように、見づらいものを見えるようにするというのは、思った以上に効果がある。

現に、王立研究所などの潤沢な予算を持つ研究機関では、そういったレンズの有用性を高く評価し、望遠鏡や顕微鏡を徐々に導入し始めている。

とはいえ、これらはあくまで、気泡をほとんど含んでおらず、研磨傷や歪みのほとんどない、純度の高いレンズでないと実現できない。研磨傷や気泡が入っているようなレンズだと、大した望遠鏡や顕微鏡にならず、思ったような効果を得られない。

あくまで、レンズの質が高いことが条件である。

（今はまだそんなに広く知れ渡っていないが、数十年もすれば、世間もレンズの有用性に気付くはず。その頃までに、バスキアのレンズを有名にしておきたい）

銅の鋳型を作ると、厚みや大きさ、焦点距離を微調整することが難しくなってしまう。かといってレンズ形状を少しずつ変えた鋳型をたくさん取り揃えるのは少々無駄が多い。同じ規格のレンズを大量に作るならともかく、最初は受注生産でも十分。地面の掘り方を変えて、好きな鋳型に加工できる板ガラス生産の方が、より自由にいろんなレンズを拵えることができる。

しかもうちの場合は、スライムのおかげで、変な歪みも研磨傷もほとんどない質のいいレンズができるので、他の領地に真似をされても差別化は容易にできる。しばらくうちの優位は崩せないだろう。

とりあえずレンズの有用性を説明するため、領主代行のアドヴォカート氏には眼鏡を、ケルシュの姫ケルンには双眼鏡を贈呈したいと伝えておく。いつもは気難しそうなこの二人だが、それは生真面目さの表れというもの、たまには恩賞を与えて報いてあげなくてはならない。

（紙づくり然り、レンズ作り然り、とにかくうちの領地は、本をたくさん作れる環境にしたいんだよな。知識の集積と学術の発展の場所になれば、今よりももっと多くのことができるはず）

知は力なり。

遠大な野望を胸に抱えつつも、俺は技術顧問として招聘したドワーフたちから、様々なことを教わるのだった。

第26話　海上交易・教会からの寄進の催促・不要な関所の撤廃

EPISODE 26

2478日目～2502日目

調整に時間がかかったが、とうとうバスキア港にて、海上交易が開始された。取引相手は南にある商業連合。王国と商業連合との間で、いきなり大きな通商条約が締結されたのである。すべては絶大な権力を誇る、チマブーエ辺境伯の取り計らいである。

頭越しにかなり大きな話が進んだので、俺はもはや傍観に徹する他なかった。バスキア港の経営を行う当の本人なのに、俺はほとんど表舞台に立っていない。国王が出てきたり他国元首が出てくるような話に、子爵ごときの俺が首を突っ込めるはずもない。もちろん誘いはあったが、ほとんどの話はチマブーエ辺境伯に捌いてもらうことにした。

（信じられないな。俺は思い付きで港を開いただけなのに、いつの間にか国王が出てくるような大きな話になっている）

交易で取り扱う品は、装飾品や毛皮のような高級品、毛織物、ぶどう酒、香料、金属製品のような需要の多い商品。他にも多数の商材を扱う予定である。流れ込む資金は馬鹿にならない。

このバスキア港は、国王から国定貿易港として指定されてしまっている。売り上げについては、辺境の総督である辺境伯に一部、国王に一部収める決まりである。おいしい思いをするのは辺境伯と国王である。俺はというと、まあ、利益も十分あるが仕事もしっかり増えてしまった。

　コグ船、ガレー船、キャラベル船の製造にとりかかり、王国のいろんな商会と話をつけて、ここ数日はてんやわんや。趣味で始めた内政なのに、どうしてなかなか忙しいものだ。

　それに、仕事が増えすぎてしまったせいで、ひっきりなしに書類が舞い込むようになってしまった。読書にあてられる時間が大幅に減ってしまったので、「なんで国定貿易港になんかなっちゃったんだ……これなら港なんか造らなければよかった……」と何度も後悔した。家臣たちは〝国定認定の名誉より読書優先かよ……〟とばかりに呆れたような目をしていたが。

　幸い、スライムが仕事を結構手伝ってくれているので、仕事の効率は上昇した。

　最近は、領主署名や領主印の押捺についての報告を彼女に取りまとめてもらっている。とはいえスライムは文字を理解できないので、部下から受け取って俺に渡すだけだが。それでも四六時中どこかしらで上がってくる俺への報告が、彼女のおかげで滞りなく処理できる。非常に大きな進歩だ。

　無論、それはたくさんの報告が四六時中舞い込むということと同義なので、俺がやたらと忙しくなってしまったが。

（し、信じられねえ。もう子爵やめてやる。もっと部下を雇ってこき使ってやる）

　寝台の上でスライムにマッサージを受けながら、俺は深くため息を吐き出した。最高級の寝具に、スライムの丁寧なマッサージのおかげで、翌日になれば綺麗さっぱり疲労が回復しているのが、なおのこと恨めしい。

　何とかして遊び惚けて暮らすことはできないだろうか。

2503日目～2536日目

セント・モルト白教会から、より一層の寄進のお願いが来た。要するに金の匂いがするからもっと寄越せ、ということだ。ずいぶん厚かましい要求ではあるが、貿易港の開港のタイミングでこんな話を持ち掛けるということは、断ると何か嫌がらせをしてくる可能性もある。対立してもろくなことにならないだろう。

名目はいかにももっともらしい言い回しで「魔物を住民に迎え入れるとは何たることだ、教義に従わないおつもりか」とずいぶん居丈高な言葉だ。

金で黙る相手なら金で黙らせていい。

だが、少々考えがある。

（寄進を焦っている？　金策に窮しているようには見えないが……。もしかすると、出世のための実績作りが目的なのか？）

司教といえば、教区を束ねる偉い人である。階級は上から順に、教皇、枢機卿、大司教、司教、司祭、助祭、となるが、司教まで上り詰めたら相当偉い。

一つ下、小教区を治めるのが司祭で、バスキア領程度の経済力であれば本来は小教区程度、すなわち司祭しか来なかったところを、無理を言って司教に来てもらった、という形になっている。

その分、司教にはかなり融通を利かせて利権を与えてきたし、逆に持ちつ持たれつとして教会の特権を一部有効活用させてもらった。互いによい協力関係にあったはずである。

ところが、ここにきて急に強気になった。何か理由があるに違いない。

大司教に選ばれると裁治権が認められる。いわゆる領地持ち貴族と同じぐらいに偉くなるわけだ。もしかすると、この司教は大司教に任ぜられるのを狙っているのかもしれない。

（……どれ、一つ料理してやるかね）

早速チマブーエ辺境伯に手紙を一つしたためて送る。内容は「推薦したい司教（ちょうどいいカモ）がいる」というもの。彼女なら、俺の真意を汲み取ってくれるかもしれない。

第27話　干物の生産・倉庫管理業務の受託

EPISODE 27

2537日目～2591日目

高床の倉庫を作り、風通しを良くして干物を作る。漁獲量がうんと上がったこともあって、干物を作る材料に事欠かない。こればかりはヴァイツェン、メルツェンの海賊たちに感謝しないといけない。

保存に適していて、携帯食にもなるうえ、栄養価も高い干物は、臭いさえ気にしなければ冒険者にも需要のある、非常に優れた食料である。

作り方もそこまで難しくはない。

魚を捌き、内臓や血を抜き、塩をまぶして外気にあてて、しばらく放置するだけ。乾燥させることでカビ等の繁殖を抑えつつ、さらに塩と太陽の光で悪い菌の繁殖を防ぐのだ。瘴気払いしておけば、アンデッド化する恐れもない。

(塩も簡単に手に入るし、魚も簡単に捕まえられるし、うちの領地と干物づくりは相性もいい。今までそんなに積極的に取り組まなかったのが馬鹿みたいだな……)

港ができた影響も見逃せない。我が領地からの輸出品として外貨を稼ぐ手段にもなるので、バスキア領内では干物づくりを積極的に推し進めているところである。

他にも、バスキア料理のノウハウと併せて、干物が美味しく食べられるような料理レシピも鋭意開発中である。きっと時間が経てば、うちの料理のレパートリーに自然に組み込まれているであろう。

それにしても、うちの領民の栄養状況がどんどん良くなっている気がする。子供の出生率も上がっているらしく、こうなってくるといよいよ教育に本腰を入れる必要があるかもしれない。

2592日目～2624日目

港、街道とくれば次は倉庫業務であろう。

ということで、バスキア領主の名前を使って、倉庫管理事業を開始することにした。

うちの強みは物流コストが廉価であることだ。整備された街道と港がある領地にしては珍しいことに、バスキア領では保管費、包装費、荷役費、物流管理費の総額が馬鹿みたいに安い。

商品保管については、迷宮を拡張して作った空間を〝倉庫〟として、そこにスライムが荷物をどんどん運び入れてくれる、包装もスライムが麻袋などにどんどん包んでくれる、荷役費についても商品の入出庫やら木箱への詰め込み作業やらの分類をほとんどスライムが実行してくれる。

物流管理だけは、きちんと商品在庫数を数え上げてくれる人員を雇わないといけないのでそこに費用がかかるが、それだけだ。

たくさん商品在庫を抱える大手商会からすれば、バスキア領は涎が出るほどおいしい領地なのだ。

（商品をいったんうちの倉庫に預けたら、ついでに煩雑な倉庫管理の業務まで押し付けられるんだから、そりゃ大手商会なんかは喜んで俺に商品を押し付けていくだろうさ）

倉庫業の収入も、バスキア領の立派な収入源になる。

塵も積もれば山となる、とはよく言ったもので、大手商会からあれもこれもと仕事を引き受ければ、総額として受け取る金額はとても大きくなる。

元手がほとんどかからない上、収入の変動が少なく安定しているのも魅力的であった。

それに、倉庫管理業務を通じて、予実管理や帳簿のつけ方などを勉強できるのも大きい。

会計に関して言えば、うちの領地はほとんど素人集団である。だからこそ、大手商会とお付き合いがあるのは重要であった。大手商会から招聘した会計顧問から、帳簿付けの仕事を教わり、それを倉庫管理で実践する――といった、会計担当者の育成において理想的な環境が今のバスキアには揃っている。今のうちに、会計のできる人材をどんどん育て上げたいところであった。

うちは、どこもかしこも人材不足である。特に数字に強い人材が少ない。でも帳簿に強い人がたくさん育てば、輪栽式農業の収穫量予測とか、バスキア工房の年間費用内訳の可視化など、今までどんぶり勘定だった部分を引き締めて効率化させることができる。賄賂を取り締まることだって可能だ。

（倉庫管理の仕事を通じて、たくさんの大手商会たちと知己を得られたのも大きい。安く倉庫を貸し出す代わりに、バスキアの石造りの調度品や、高級レンズや、干物をたくさん取り扱ってもらう約束も取り付けられた。たかが倉庫、されど倉庫だ）

大手商会と対等とまでは言わなくとも、顔と名前は売り込むことができた。ちょっと丸め込まれているような気もするが、それはそれだ。お互い持ちつ持たれつ、良好な関係を築き上げていきたいところであった。

幕間　ある村長の独白

INTER LUDE

バスキア領にあった小バスキアの村長、アドヴォカートは、恐ろしい速度で様変わりしていく領地を目の当たりにして、ただ圧倒されていた。

（未だに信じられん。あのふざけた青年がやってきたかと思ったら、いつの間にか生活が一変してしまったではないか。覇気もやる気もないくせに、あの男は一体何者なのだ）

村長から領主代行に。

農作物をどれだけ作付けするか、穀物と保存食の在庫はどれぐらいか、といったことを検討する仕事から、いつの間にか、輪栽式農法だとか訳の分からない農法の管理を任されて、魔物の飼育やらゴブリンどもの移住やらで起きた揉め事の裁判を任されて、挙げ句の果てに領主の仕事は大体任されるようになってしまった。

それでも、真の領主は依然としてあの男である。

非常に腹立たしい話である。

そもそもの話、この村を管理していたのは自分である。この不毛の地で、細々と、それでも彼なりにしっかりと経営していたという自信がある。

だが、あのふざけた男、アシュレイは「王国に正式に領主と認められたのは俺なので、どうかよろしく」といきなりやってきて、全てをぶち壊してしまった。

住民の家具の新調、用水路の整備、農地の整備――思えば最初の一年目から、あの男は全てを覆しにかかっていたのかもしれない。スライムにあれもこれもと任せていく姿を、アドヴォカートはよく目に焼き付けていた。この男は何でもかんでも人任せにする、と軽蔑したものだ。

だが、気が付けば、このアシュレイという男は、街道を整備して他の領地と条約を結び、行商人をうまく利用してバスキア領の名産品を作り上げ、苦しかったはずの食糧事情を一気に改善し、小さな村を数千人が住む街へと発展させて、そして国王も一枚噛むような一大事業を興している。

他国との海上交易に至っては、まさに人任せの真骨頂とも言える。いろんなことに口出しして、好き放題やっているくせに、結果として周囲を巻き込んでしまうのだ。

それなりにうまく共同体を運営できる――それがこの地を差配してきたアドヴォカートの強み。

だが、それとは対照的に、ほとんどの仕事を人任せにするくせに、結果的により良い未来図を実現させていく――それがあのアシュレイという領主なのだ。

極めて苛立たしいことだが、アシュレイとアドヴォカートを比較すると、やはりアシュレイの方が民心を掴んでいる。彼にはカリスマ性がある。あらゆる意味で斬新なのだ。本当の意味で領主の役目を果たしているのはアドヴォカートの方なのに、である。

（ゴブリンやコボルトを住民に加えるなんて言い出したときは、気が触れたのかと思った。だが、結果としてどうだ。あいつらに仕事を与えて、領地をより発展させている。相互理解とまではいかなくとも、上手い棲み分けが生まれている。スライムによる暴力を借りつつも、致命的な対立も決裂も防いでいる）

バスキア領は、非常に難しい均衡で成り立っている。住民の倫理観はかなり危うく、いつ内乱が起きても不思議ではない。

それをスライムという圧倒的な暴力が抑えつけている。刃物も魔術も何も効かないあの液状の魔物が、下らない諍いの火種を、全て封圧している。

下手に歯向かっても無意味であると、住民たちはもうとっくに悟っている。

圧倒的な力の下での、時間をかけた融和。時が解決する問題は多い。ゆっくりと、バスキア領は成熟しつつある。

本を正せば、野蛮な野盗や海賊を集めた領地だったなどと一体誰が信じられようか。これほど嫌な組み合わせはそうそうないが、その想像の斜め下を行くように、なんとゴブリンやコボルトまで集まっている。

成熟の兆しを迎えていること自体、本来は有りえないことなのだ。

（お陰様でいざこざは絶えない。私が都度判断して、裁決を下す他なくなっている。それでも、時が経つにつれて、お互いの適切な距離感が生まれつつある）

海賊も野盗もゴブリンもコボルトも。あるいはドワーフやエルフまで。

このバスキア領は、彼らお互いが「思ったより非常識ではないのだな」と相互に誤解を解いていく場所になっている。

そしてアドヴォカートは知っている。ドワーフやエルフや野盗たちや海賊たちとの間に、たまに友情や愛情が生まれていることを。

信じられないことに、政治的な狙いも何もなく、それらの関係が育まれている。そこには、千年先にある異種族間の融和の形が、薄ぼんやりと見え隠れしている。

（あのアシュレイは、適当であるがゆえに器が大きい。目の前の問題を真剣に捉えないからこそ、どうとでもなると些事のように扱って、些事のように収めてしまう。圧倒的な暴力を乱用しているくせに、あの男には野望がない。あの男には悩みがないのだ）

勝てない。人として一生敵わないだろう。

長く生きてきたアドヴォカートだが、あのような迷惑千万の男に歯向かうすべを持っていない。あれにはあらゆる悪意が何一つ通用しない。暴力は呑み込まれ、調略は無意識に踏みつぶされる。あれは化け物なのだ。

積み木遊びの上手な子供をそのまま大きくしたようなあの青年は、人の住んでいる環境さえも玩具のように弄ぶ。悪意さえない。多分あれは無邪気なだけなのだ。

国王でさえ到底実現しえない、人々の集まりを右に左に弄ぶような不遜を、あの化け物の男はやってのけている。

目まぐるしい速度で発展していくこの領地で、真にあの領主についていくことができている者は一人もいない。

領地の発展は、領民を確実に幸せにしているが、幸せを噛みしめる暇さえなく次の発展を与え続けているのは、薄ら寒い恐怖を感じさせなくもない。

（……あの化け物は、国王でさえ巻き込んで利用するだろう。あの男は、能力を尊重する態度はあっても、偉さに敬意を払うことはない。そして、ついてこられないものを鑑みることなどない）

大陸全てを幸せにするための積み木遊び。

今まで、アシュレイに対してわざとらしいほど憎たらしい態度を取ってきたアドヴォカートだが、全く応えないどころか、巻き込むだけ巻き込んできて、結局こちらがいいように利用されてしまっている。そしてアシュレイは、仮にも領主代行のアドヴォカートに微塵も興味を持っていない。

それは詰まるところ、アドヴォカート自身の小ささ、無力さを浮き彫りにして痛感させて、そして反抗する気力の全てを削ぎ落としてしまったのだった。

（あの青年は、化け物なのだ。かつて村長だったという私のちっぽけな自尊心を、あらゆる意味で無視して踏みにじって、それでも私を重用し続ける無邪気な男なのだ。思慮の深遠さ、寛大なる優しさ、度量の広さ、意志の強さ、そのいずれとも違う、統治者の器なのだ）

ただの統治ではない。斬新さによって人を惹きつけ続ける、今までにない統治者。好き勝手に事業を興して、統べて治めることを丸投げにする統治者が他にいるだろうか。

であるからこそ、アドヴォカートは腹を括っていた。

せめて、あの男の速さに喰らいついてやらねば気が済まない。あの才気に溢れた若造に喰らいつき続けることが、この老骨の最後の意地の見せどころである。

恐らく今のバスキア領は、どこよりも変化と発展に富んだ場所である。あの若造がその華々しい発展を担うなら、こちらはこちらで、問題だらけの歪な領地を成熟させることで、影の統治者の気骨を示してみせねば――と。

第28話　金貸し業の発足・自領内の商会優遇・靴作り工房の設立

2625日目～2657日目

ここにきて、金貸し業を発足させることにした。

領地収入が比較的安定してきたのと、人件費と土木工事費をほとんど使わないせいで、今やバスキア領は金余りになりつつあった。加えて、港ができたことで物流も活発化している。こんな順風満帆の状況だからこそ、融資に力をいれようと考えたのである。

（他のところから大手商会を誘致するんじゃなくて、自分の領地内の商業を育てていくのも重要だよな）

今回、バスキア港の商流に食い込んできた商会は、ほとんどが大手である。政治力も人脈も、弱小領主の俺なんかを遥かに上回る。当然、契約の交渉がうまくいくはずもなく、俺はほとんどいいように利用されるだけとなった。やはり百戦錬磨の強者、向こうの方が一枚も二枚も上手である。

そこで俺は発想を逆転させた。有利な関係で取引できる商人を、自らの手で育てていけばいいのではないか、と。

それなりに顔が広い行商人を中心に、自分の店を構えたいと考えている商人たちに資金を融通して、さらに格安で店舗も倉庫も提供してあげる。うちの工房の商材もある程度割安で卸して売って、彼らを育ててあげるのだ。

倉庫の貸し出しなんてもののついでだし、店舗の建設もスライムが土木工事のほとんどを行ってくれるので、全然人件費がかからない。バスキア領で一旗揚げたい商人からすれば至れり尽くせりだが、別にうちの立場からすればそれほど身を切っていない。

珍しいことにこの案は、アドヴォカート領主代行にも好意的に受け入れてもらえた。「確かにバスキア領を下に見られるのは、あまりいい傾向ではない」とやる気を見せてくれた。

（バスキア領には、領地外に顔の利く味方の商人がいない。かといって今回うちに流入してきた大手商会たちは、本拠を別の領地に抱えているし、他にも太い客をいっぱいよその領地に抱えている。それではダメなんだ。バスキア領に本拠を構えて、バスキア領から他の領地へと稼ぎをうちに引っ張ってくる商人を増やさないといけないんだよ）

バスキア領を本拠としてもらうと様々な利点がある。

税収の観点で見れば、本拠がこちらにある方が多くの資金流入に伴い多めに徴税できる。

商業活性化の観点でいえば、よそで見聞きした商売の種を、うちの領地でまず試してくれやすくなる。安い金額で店舗や倉庫を貸し出した実績があるので、まず我がバスキア領に新規事業の相談を持ち掛けてくれるはずである。

他にも商人と連携した興行――お祭りの実施などにおいて、領地を越えた大きなイベントを発足させやすくなる。俺が「バスキアの魔物料理をもっと増やしたいなあ」と思って、新たに「バカウマ魔物メシ大会！」とかを開くにしても、各地への宣伝企画やら、大会運営費の出資やら、運営事務のできる人材の供出やら、大会優勝レシピの商品化に至るまで、それら一連の行動に協力を取り付けやすくなる。

（恩義としがらみで縛り、やや否定的な立場を取ろうとすれば倉庫利用費なり関税なりを値上げして制裁することもできる。そんな都合のいい蜜月の関係になってしまえばいいんだよな）

ここまで手厚く助けてあげて、一体何が欲しいのかというと、行商人たちの抱える人脈だ。

バスキア領から他の領地へ働きかけるとき、俺の力だけでは上手に口コミを広めることができない。だが行商人の力を借りれば、そういった風聞を作り出すこともできるだろう。

新しく輸出したい新商品の宣伝。俺にとって不利益な存在への悪口の流布。これらを実行しようと思ったら、外部とすでにある程度つながりを持っている行商人に頼るのが早い。

思い通りにならない大手商会に、我が領地内に進出されるよりも。

思い通りに動く商人たちを、自分の領地でどんどん育ててあげるのだ。

融資とはすなわち首輪である。金の余っている今、子飼いの商人を増やすというやり口は、実は案外悪くない手だと思われた。

2658日目～2691日目

麻布や動物の皮が余ってきたので、工房の仕事として革靴作りを実施することにした。売りつけたい対象は、冒険者や狩人らだ。木や布でできたサンダルとかは農民が普段履いているので、あくまで革靴を使う人たちに向けた商品づくりを目指す。

冒険者をやってきた経験からわかるのだが、長期間履いて歩ける革靴というのは非常に貴重である。質の悪い靴だと、ずっと履いていると指が痛くなるし湿気が籠もるのだ。そのため履きっぱなしだと、ひどいときは指が腐ってしまうこともある。

一般的には、沼を移動する際に汚泥から足を守り、寒さを防ぐため、気密性の高い革でがっちり作っているような靴が多いのだが、それが足にとって負荷がかかるのだ。

（左右の区別をつけずに作ると、逐次左右入れ替えて履けるから靴底の片減りは無くなるし、片方が破けちゃっても同じものを一つだけ作ればいい。だけど、その分足への負担が大きくなる。そうじゃなくて、足への負担を極力減らした靴を作りたいんだよ俺は）

防具と靴にはお金をかけるべし、とは冒険者時代に学んだ教訓である。

俺が愛用している靴は麻布をところどころ使って湿気対策をした、履き心地のよいものである。ソールは二枚革にして衝撃を抑え、履き心地をよくするため柔らかい中敷きも入れている。その上、このご時世には珍しく右用と左用の靴を区別する製法で作っており、足の裏の形にそって型を取って作っているので足が痛くない。

この王都で知る人ぞ知る靴職人に仕立ててもらった最高級の靴を参考に、バスキアの領地では、オーダーメイドの革靴をもっと巷に流行らせたいところであった。

俺のこの思い付きは、ドワーフの職人ピニャにも結構好評で「そうだねえ、材料の魔物の皮が有り余っているからいいいんじゃない？　あ～あ、またバスキアの職人のお兄さんたちにいろいろ教えとかないとね～～」とくすくす笑っていた。

（この俺が愛用しているんだから間違いない。冒険者受けがいいはずだ。王都の流行ファッションなんて知らん。これをバスキア工房お勧めの靴だと喧伝して公に認知してもらえば、きっとこの靴を愛用してくれる人が他にもたくさん現れるはず）

着心地を無視して、流行のファッションに合わせるのは馬鹿らしいことである。快適な服が一番なのだ。バスキアを中心に、そういった実利主義的な考え方をどんどん持ち込んでいきたいところである。

第29話　スライムの変化・辺境伯と司教の密談

EPISODE 29

2692日目

スライムが表情のようなものを覚えた。微笑みの表情が俺に喜ばれると学習したのか、俺と目が合うと毎回、口元を吊り上げて微笑みを浮かべてくれるようになった。家臣たちには特にそのような微笑みの仕草を見せたりしていないので、どうやら俺にだけ見せてくれているらしい。正直かわいい。

あとは角質や垢を食べるのが好きなようで、俺の手の指とか、足の指とか、踵とかを齧ったり、首筋を舐めたりしてくるようになった。

もちろん、そもそもマッサージを行うついでにお客さまの角質やらを食べているじゃないか、という話ではあるのだが、どうにも彼女はまた学習をしたのか、俺にだけはわざわざ人型の姿で、そしてわざわざ口でそれを食べようとする。完全に俺の好みだった。何というか、完璧に学んでいるようだった。

（……そうか、心がつながっているから、俺の願望がそっくりそのまま伝わってしまうのか）

迂闊だった、と俺は苦笑いした。そもそも俺は、彼女と意思疎通がある程度できているではないか。

そう考えると、彼女をいつまでもスライム扱(あつか)いしているのは良くないかもしれない。

これからはきちんと名前を呼ぶほうがいいのだろうか。

しかし彼女は、高位階梯(かいてい)の魔物(まもの)である。その名前は失われた言語のひとつ（古リンガラティナ語）で構成されている。これを迂闊に口にしてしまうと、魂魄(こんぱく)を損耗(そんもう)してしまう恐(おそ)れがある。憚(はばか)りながらも白銀級指定の魔術師である俺の直感では、あの言葉の呪術(じゅじゅつ)的意味は恐らく〝根源〟に近い。果たして、正しくない発音で口にしてよい言葉なのだろうか。

俺の指を咥(くわ)える彼女を見ながら、俺はしばらくぼんやりと答えのないことを考えていた。――彼女の名前をきちんと呼ぶのはいつになるのだろう。

スライムと目が合う。彼女は顔を上げて、もう一度微笑みを浮かべてくれた。

2693日目～2719日目

チマブーエ辺境伯から呼びだされて、司教と一緒(いっしょ)に辺境伯領にまで向かうことになった。

なんということだ、手土産(てみやげ)を用意せねばならないぞ、と司教は浮(うわ)ついていたが、俺はすでに用意してあるので気楽なものであった。

そうである、俺の用意した土産は司教さま本人。チマブーエ辺境伯と手紙でかねて根回ししていた話を、ようやくこのたび進めることになったのだ。

道中、司教とあまり面白(おもしろ)くもない会話に興じるふりをしながら、のらりくらりとやり過ごす。

彼は立場上、俺の施策に苦言を呈することしかしなかったし、俺は八方美人というべきか、どうとでも取れるような玉虫色の回答でその場を濁すだけ。寄進が少ないだの、信仰を広める協力をしてほしいだの、欲の皮が突っ張った提案はたくさん出てきたが、それらはなあなあに返しておく。

逆に俺からは、どんどん増えるバスキア領地の揉め事を、教会の裁量でも一部裁いてもらいたいと一部権限の委譲を認めてあげることになった。

ただし〝罰する〟ではなく〝救済する〟方向。すなわち〝彼は救われるべきで情状酌量の余地がある〟と領主代行に抗弁できる権利、としてだ。非常に申し訳ないが、教会に俺の領民を好き勝手に罰する権利は与えられない。

そのために必要な悔い改めも、神の御心をもってして、俺の領民を救う方向性のみを認める。

教会が自由に定めて良いようにした。要するに、「賄賂を教会に贈ったら罪を軽くする」という裏口を認めるようなものだ。

かなり危うい取引ではあったが、俺はこれぐらい問題ないと睨んでいる。

引き換えに、教会の抗弁が正当かどうかを審査する第三者機関を置くことが条件になっている。

その第三者機関に置く人間こそが、チマブーエ辺境伯の息のかかったものになる。

(司教は、何とかして答申に法的拘束力がない諮問機関に落とそうとしている。俺は、参与機関として一定の拘束力を持たせようとしている。教会に首輪をつけられるかどうか、ここが正念場だ)

裁判の権利は、王国法でも極めて重要な領主権限として定められているものだ。

それに教会が影響をきたすなど、本来認めてはならないこと。だが、一部条件付きで俺はそれを教会に認めようとしている。これが認められたら、この司教の功績は非常に大きなものになるだろう。

しかもこのバスキアは、今や成長著しい領地だ。この地で教会の影響力拡大を図ることができたのであれば、この生臭欲張り司教は大司教に任ぜられること間違いなしだ。

一方で、このまま教会を放置しては、遅かれ早かれ行政の一部に干渉してくるのは予想できること。

早めに干渉できる範囲を決めておいて、それ以上干渉できないように先に首輪を嵌める必要があった。監査する仕組みがあれば、一定の首輪になるはずだ。それにセント・モルト白教会に先に監査機関を置くことができれば、他の教会が同様にうちの領地に入ってきたとしても、同様の監査をかけることができるだろう。先例に倣わせることができる。

チマブーエ辺境伯もこの構図に同意してくれたはず、だから今回俺たちを呼び出したのだろう。

——そう思っていたのだが。

「なかなか面白い話をしてますね、キルシュガイスト司教、バスキア城伯。ですが、ちょっとお土産が足りないようですね？」

俺の予想の斜め上の答えを、平然と彼女は口にしていた。

お土産が足りない。つまり、これ以上寄越せと言っているのだ。

これで足りないなんて予想外にも程がある。

何せ、チマブーエ辺境伯がセント・モルト白教会を監査する立場になれば、このクソ司教は必ず、チマブーエ辺境伯に賄賂をしこたま贈るはずなのだ。賄賂を贈るから監査を緩くしてくれ、とか何とか。

　俺からすればそれでいい。教会が強大になりすぎなければいいのだ。元から強すぎるチマブーエ辺境伯が、ちょっとお金儲けできたところで、俺にとって困ることはない。

　勝手にチマブーエ辺境伯が、このクソ司教から金を搾り取ってくれるはず。

　そう思っていたのだが。

「先に言っておきますが、キルシュガイスト司教。大司教になったあと、枢機卿選挙に出るまでの野望をお持ちなら、白の教団本部の幹部たちへの根回しが必要ではなくて？　そこのバスキア城伯の特別な計らいのおかげでお金は唸るほどあるでしょうが、バスキアなんて西の外れにいながら中央の政治も上手にこなしているようには到底見えませんね」

「……むう、なるほど、チマブーエ辺境伯を前にしてはあまり格好はつけられませんな。ええ、確かに中央への根回しはやや疎かかもしれませんが……」

「強引に司教まで上り詰めたものの、賄賂の黒いうわさが絶えない生臭僧侶だなんて言われているから、こんな辺境に左遷に近い形で追いやられたのです。それが、バスキア領の予想外の経済発展で、出世の可能性が降って湧いてきた。あなたはそこに縋ろうとしているのでしょう？」

「っ、御冗談を！　私はただ、もっと神の御心を世に広めたい一心です！」

　チマブーエ辺境伯は、こういうところがある。あまりにもずけずけと、中途半端な言い訳は許さないとばかりに鋭利な言葉で話を進めるところが。

　そして彼女は耳が聡い。だから、脇の甘い欲に塗れた人間だったら心を読まれてしまうぐらいに鋭い洞察を見せる。

「バスキアはいい場所ですよ？　風光明媚、文化も経済も発展の兆しが見えます。だから、あなたを馬鹿にして左遷に追いやった連中が、中央で出世していく様をそのまま指を咥えて眺めていても、まあ、そんなに悪い人生ではないでしょう」

「お、おお、なんと手厳しい。なんと、いやはや、御冗談が過ぎますな……」

「見返したいなら出世なさいな。バスキア城伯から何とか搾り取って手土産を作ろう、なんて安直に考えないこと。あなた、中央に貢いでいるだけなのよ。政治力が貧弱なのに、お金だけ貢いでくれる都合のいい貯金箱、としか思われていませんよ」

「！」

「のし上がるなら、怖くなくてはいけません。あなたを裏切ったら、こんな怖い目に遭うぞ、という影響力が必要なのです。それがない状態で、いろんな貢物だけ周囲に贈ったところで、お金配りをしてくれる親切なおじさんにしかならないのですよ？」

「は、はは、なんとまあ、そんな間抜けな男がいるのですな……いやはや」

利用なさい、とチマブーエ辺境伯は茶器を置いて、緩やかに諭した。

それは俺に対して時折みせる、人生の先達としての表情に近かった。

「ご存じの通り、私は選王侯の一人です。国王さえ選ぶ力を持つ貴族。あなたの足りない政治力を、私が少しばかり手助けしてあげましょう。つまり、教団の中の政治にも一枚嚙ませていただきます。上手に私を利用なさい」

「！　い、いや、お待ちを！　教皇宣言をお忘れなく！　元来、貴族が教会から干渉を受けてはならないのと同じように、教会も貴族から干渉を受けてはならんのですよ！　原則、原則は、そんなに露骨なつながりを持ってはいけないことに……！」

「貢ぐ相手を間違えてはいけませんよ？　貴方を貯金箱としか思っていない人に貢ぐのか、あなたをうまく出世させたら一緒に恩恵を受けられる共犯者に貢ぐのか」

それは、非常に過激な話だった。

俺の予想よりも大きな話が、彼女の口から語られた。

俺はあくまで、この金満クソ司教から好きに搾り取ってくれ、代わりに首輪代わりになってくれ、という程度の提案だったのだが。

なんとチマブーエ辺境伯は、もっと肥え太らせる代わりに根っこを狙おうとしているのだ。

「ちょうどいいところです。この前懇意だった枢機卿の一人が隠居なさったところで、枢機卿への渡りがもっと欲しいと思っていたところです」

「は、はは、ご婦人、今の枢機卿らへの叛意と取られかねない言葉ですな、いやあ、私に言質を取られるなんて、迂闊な、ええ、迂闊な……」

「政治は簡単です。あなたの欲しい席がある、その席を空席にしてあげたら都合のよくなる人がいる。そういった隙間に手を結ぶ余地があるのです。利権を分け与えるから強引にその席に捻じ込んでくれ、では、限界があるのですよ」

ぎらぎらしている人は嫌いじゃありませんよ、といかにも上品な微笑みで、チマブーエ辺境伯は言葉を続けた。

その代わり、覚悟(かくご)なさい——と冗談でも言うような口ぶり。

「叙勲(じょくん)されて、王国の歴史にずっと名を遺(のこ)せるような栄誉(えいよ)を得るには、いろいろと努力が必要ですよ、キルシュガイスト司教？　でも、あなたを馬鹿にした連中を抜(ぬ)き去っててっぺんに立つのはさぞ気持ちいいでしょうね」

茶菓子(ちゃがし)が欲しいわ、とチマブーエ辺境伯は俺の方へと話の水を向けた。俺はバスキアの焼き菓子を無言で差し出した。

俺が逆立ちしても勝てないような化け物がいる。俺が天狗(てんぐ)にならない理由は、それがすべてだ。

幕間 ある司教の独白

INTER LUDE

白の教団の一派、セント・モルト白教会の司教の一人、キルシュガイストは今置かれた立場の難しさに頭を悩ませていた。

教会内の派閥争いの結果、中央の政治から見放されて、半ば左遷のようにバスキアに追いやられたのがついこの間。今まで賄賂に塗れて生きてきたキルシュガイストだったが、それなりに知恵を尽くしたつもりではある。ただ運が悪かった。取り立てて才能も人望もない彼は、あっさり切り捨てられた。

捨てられた先が、バスキアという辺鄙な地。ここで一生腐って生きるのか、と最初は絶望したものである。

(私を蹴落とした連中が憎くてたまらなかった。私よりほんの少しだけ運がよく、ほんの少しだけ優れているだけの、そんな連中の嘲り笑う姿が、目にしっかりと焼き付いた。能力の足りなさを笑われるだけならともかく、人間性まで貶めるのは許せなかった。教会内の政治から追い出されて、もう二度と奴らと関わりを持たないと知っていてもなお、許せなかった)

格付けが終わった、みたいな顔をするな。

ほんの少し運がよかっただけのくせに。

そんなキルシュガイストの無念は、しかし、燃え盛る炎のようにはならなかった。引き換えに、熱水が煮えるような、ふつふつとした嫉妬の怒りになり果てていた。身を焼く激情ではない。内臓や脳さえも熱くなる、もっとどろっとした質量のある憤りである。

（ほんの少し優れていることは知っている。だが、その〝ほんの少し〟を笠に着て、人ひとりを嘲って追放までしてもよいと思っているのか）

もう二度と、連中と関わる機会がないということは。

連中に馬鹿にされたまま終わる、ということである。

キルシュガイスト司教の抱えた苦しみは、贅沢や享楽では癒えないところにあった。

しかし、それで話は終わらなかった。

バスキアが誰も想像し得なかった速さで発展しているのだ。

徒歩王ルーの血を引くとされるヴィーキングの末裔、ヴァイツェン海賊団と、女海賊メルツェンの率いるメルツェン海賊団を併呑し。

迷宮荘園を二つも領地内に抱えて開発を進め。

大陸共通語を解するドワーフ、エルフのみならず、意思疎通の困難なゴブリン、コボルトの連中さえも同じ領地内に迎え入れて。

貿易港を開き、様々な大商会たちと一気に取引を広げて、さらには自領地内の商人を育てるような優遇政策も並行して推し進め。

気が付けば、バスキアは目覚ましい大都市となっている。

早くから司教として赴任し、この地に足がかりを作っている功績をたたえられて、キルシュガイストの評判も随分と持ち直した。

教団中央の意向も追い風であった。バスキアに貿易港が開かれるらしい、となると王国西方への布教に力を入れておきたい、そろそろ大司教を任命してもいいだろう、さて誰を指名するか——と都合のいい話が舞い込んできたところである。

一度追いやられた自分が返り咲くには、恐らくこれが最後の機会。

そう、キルシュガイスト司教は必死であった。

バスキアの若造貴族から、もう少し搾り取ってやろうと思うぐらいに。

(もう一度、中央の連中に一泡吹かせてやろう。そのために、教会の威光を最大限に活かして、もう少しバスキア子爵から貰えるものを貰ってやろう……と思ったのだが)

そしてその焦りが故に、踏んではならない一線を越えてしまった。

化け物との邂逅である。

(……チマブーエ辺境伯。あなたがこの風来坊の若者に肩入れする理由も分かってきました。彼は劇薬にも程がある。下手に手綱を握ろうとすると、一気に振り回されてそのまま呑み込まれてしまう)

キルシュガイストとて知っている。政治の世界には化け物が棲んでいると。そしてその一人、〝猛牛のチマブーエ〟といえば、迂闊に関わってはならない殿上人でもある。

選王侯の一人。暴れる猛牛。王国の西方にいながら、王国の貴族の誰もが知っている傑士。

マエスタ・マーシェネス・チマブーエ。

かつて、麗しのマエスタ嬢として名を馳せた社交界の華。決して金品には靡かず、権力にも媚びず、才知ある者の情熱的な言葉にのみ心を許した女性。大陸にも名を馳せた、西方の麗人。

左遷された司祭ごときが、社交界の生きる伝説とまで言われている彼女との知己を得ることができたのは、この上ない僥倖であった。

そしてそれゆえ、想像だにしなかったほどの大きな話さえ進んでしまっている。

（私が、枢機卿……全くもって恐ろしいことだ。想像さえしたことがない。そんな思い上がりを今までしたことなどなかった）

バスキアの若造領主を都合よく使ってやろうとしたら。

もっと大きな怪物に目をつけられて、駒にされつつある。

――ちょうどいいところです。この前懇意だった枢機卿の一人が隠居なさったところで、枢機卿への渡りがもっと欲しいと思っていたところです。

実質上の、枢機卿を傀儡としてやろうという不遜な言葉。しかし彼女は、さも当然とばかりに口にしていた。そしてそれを叶えるだけの力も持っていた。

都合のいい王を選べる貴族。選王侯の一人、猛牛のチマブーエ。

その気になれば枢機卿さえも、その手のひらの上で転がすことができると言っている――。

（……なるほど、バスキア子爵。あなたが憎い。あなたはあの化け物を、ちょっと気の利くお婆さんとしか思っていないのだ。ちょっとした気まぐれで一族丸ごと歴史の闇に葬れるような化け物を、あなたはどうとも思っていないし、逆に暴力でどうとでもなると思っている）

キルシュガイスト司教は、ここにきて本当の〝差〟を思い知った。

チマブーエ辺境伯、バスキア子爵――その二人と自分の間にある、埋めがたい溝を感じていた。

度胸の据わり方があまりにも違う。

一対一で勝てるから問題ない――それは、冒険者の理屈だ。

あの、どこか飄々とした青年の瞳を思い出す。

発想に常識の枷がなく、常に新しさを作り出している。バスキアを奇跡のような速度で発展させ続けている。

武力や権力による脅しをちらつかせても臆することなく、お前って退屈な奴だよね、とあっさり見切りをつける。

今だったらわかる。あの男は、国王陛下であっても、教皇猊下であっても、退屈な奴だと思ったら見捨てていくのだ。

この世を意のままに操る貴婦人と、この世を意のままに作り替えていく青年。

(……私のような小物は、もはや枢機卿になるしか道がない。そうなってしまっている。あの化け物の機嫌を損ねられないのだ。それ以外になくなったのだ。この気持ち、バスキア子爵にはわかりますまい)

キルシュガイストは、晴れて大司教に任ぜられる予定である。

教皇猊下、ならびに教団の枢機卿たちからの期待もかけられている。

しかし同時に、チマブーエ辺境伯とバスキア子爵という二人の化け物からの期待も受けている。

処刑台に登るような気持ち。あるいは、一世一代のペテンに臨むような気持ち。

もはや彼には、かつて彼を蹴落とした連中など、どうでもよかった。
取るに足らぬ連中への嫉妬にかかずらっている暇(ひま)など、どこにもなかった。

第30話　バスキア火山迷宮の発見1

EPISODE 30

2720日目〜2749日目

領主になって七年近く。今まで結構うまくやってきたつもりだったが、とうとうこの日、俺は大きなポカをやらかしてしまった。

山の洞窟迷宮をいつものように開拓し、あちらこちらと拡張していたところ、なんと別の原生迷宮と繋がってしまったのである。

後から発覚したことだが、バスキア山脈には洞窟迷宮の他にも、山頂近くの火口から入れる火山迷宮があったのだ。

迷宮と迷宮がくっついたらどうなってしまうか。古代の文献によると、迷宮の歪みは極端に膨れ上がり、迷宮から生み出される魔物も増えて、周囲一帯は魔力的に不安定になってしまう。要するに、桁違いに危険になるのだ。

「俺がもし研究者だったら、貴重な魔力場の歪みを調査できるぞと勇んでこの場に乗り込んでしまうかもしれないが……」

残念ながら、今の俺はこの一帯の領主である。バスキア領を守る義務がある。よって、迷宮核が複数存在して不安定化している迷宮を安定化させなくてはならない。

有名な学説として、迷宮核を特異点とするものがある。その論文曰く、特異点を二つ持つ空間について、以下のように論じている。

ある二点x,yが位相空間において位相的に識別可能であるとは、すなわち二点x,yが全く同じ近傍系を持たないことである。

そして、迷宮核の近傍系は、位相的に密着空間であるため区別不可であり、擬距離空間と考えることができる。

そもそも迷宮核が迷宮を作り出してしまうのは、この擬距離空間が〝張られてしまう〟からであり、外観から見たときの迷宮と、実際に迷宮に足を踏み入れてからの迷宮の大きさが異なるのはこの性質から導くことができる。そして、迷宮核が同じ空間で二つ緩く繋がってしまう（≒同一のゾルゲンフライ直線上に位置する）ことは、迷宮核が空間に働きかける性質を考えると、非常に危険なものとなる。

要するに、特異点である迷宮核が近くに二個以上存在すると、空間を不安定化させてしまって危険なのだ。

（早く片方を破壊しなければ、最悪、〝位相の向こう側〟に棲息する危険な魔物を召喚してしまう）

深淵を覗き込む者はまた、深淵に覗き込まれると言われている。

深淵の魔物は、大国一つを滅ぼしかねない凶悪な存在である。ゆえに対処を間違ってはいけない。

取るべき手は一つ。冒険者ギルドに所属している〝英雄〟指定の冒険者を派遣してもらい、火山側の迷宮核を破壊してもらう他ないだろう。

洞窟側の迷宮核を破壊しないのは、今までうまく資源開発用途の迷宮として制御してきた実績があるからだ。火山側の迷宮核は制御できる保証がない。二つの迷宮核のうち、どちらを残すかは自明だ。

そして迷宮制圧のためには、まずこの未知の迷宮の情報をより詳しく調べる必要がある。

英雄パーティが来るまでの先行調査として、魔物の情報を調べつつ、迷宮深部への地図のマッピングと罠の有無などを簡潔に記していく。調査は当然、俺がやらなくてはいけない。浅層部であればともかく、深層部の調査ともなると、元々それなりの冒険者であった俺以上の適任はいない。

今まで見慣れた迷宮構造だったはずなのに、すでにもう洞窟迷宮内部にも地形の変化が発生し始めていた。火山迷宮と繋がったためであろう。魔力の歪みは相当のものらしい。

（いよいよまずくなってきたぞ。仮にも白銀級の腕前の魔術師である俺と、この高位階梯のスライムだから難なく探索を進められているが、この魔物の強さは、下手すると死人が出る）

危機感が胸中に募る。どうにもよくない予感がする。根拠はないが、こういう悪い予感は大概あたる。

とりあえず、あまり無理をしない範囲で探索を進めつつ、魔物の大群暴走が起こらないように適度に魔物を間引く。焼け石に水かもしれないが、魔物の数を減らしておくのは大事なことである。

さらに念のため、落とし穴の罠を多数仕掛けて、その中にスライムの分離体を潜ませる。魔物が急に大量発生したとしても、バスキア領に押し寄せてくる前に罠に引っかかってスライムの餌になる、という寸法だ。

（……くそ、できれば冒険者ギルドの連中なんかに頼りたくはなかったが）

反吐が出る思いだ。

だが、個人的な感情を優先して判断を誤るほど、俺は愚かではない。

2750日目～2781日目

金に糸目をつけない緊急クエスト。さらに〝英雄〟指定の冒険者がいるパーティのみの条件付き。

発展めざましいバスキアの領地でそのようなクエストが出されたおかげか、王国全土でちょっとした話題になっているという。

（俺一人での単独攻略は控えた。もしかしたらできたのかもしれないが、慎重に対応するに越したことはない）

火山迷宮の調査は慎重に、かつ丁寧に行っている。

マッピング済みの領域について地形変化がないかどうかの確認調査はうちの部下に任せて、まだマッピングが完了していない危険な場所については俺一人がゆっくり調査を進めている。だが、昔取った杵柄というもので、大まかにではあるが迷宮の全容が見えてきた。

恐らく、王がいる。

迷宮の守護者――迷宮核を守る魔物として、特別危険種に指定される魔物が、最深部に待ち構えているのを感じる。

魔物の急激な凶悪化は今のところ見られない。だが、迷宮は依然として日々変化を続けており、予断を許さない。

(参ったな、王の討伐は俺一人だと心許ない。やはりせめて、〝英雄〟指定の冒険者と協力しなくては……)

駄目元で冒険者パーティを一つ指名している。もちろん彼らが協力してくれるかどうかは不明である。

だが、彼らが協力してくれたらこの上なく心強い。俺が世界で一番信頼をおいている冒険者たちなのだから。

2782日目

火山迷宮と繋がってしまったので、万が一の魔力暴走を避けるべく、洞窟迷宮内にある倉庫スペースから預かり品の荷物を全て搬出して、暫定的に気の遠くなるほどの数の倉庫を建てて、今まで貯め込んできた資金のほとんどを吐き出して謝罪と賠償に応えて、てんやわんやの二ヶ月を過ごすことしばらく。

冒険者ギルドからの回答が想定以上に遅く、緊急クエストの意味を本当に分かっているのか、と苛立ちと懸念で落ち着かない毎日を過ごしていた、まさにそんなときのことだった。

ようやく、救援が来たのである。

「――すまない、中央のごたごたに巻き込まれて遅くなった！　だが安心しろ、私にお任せあれ！」

凛と通る声。いっそ暑苦しいまでの情熱的な言葉回し。

彼女のことはよく知っている。かつて俺は、激動の二年間を彼女と共に過ごしてきたのだから。

いつもと変わらない姿に、俺は懐かしさでいっぱいになった。

太陽の聖騎士、Chevalier du soleil。

日輪の剣に選ばれた、〝英雄〟指定の冒険者の一人。

輝きの女、大陸六傑の一人、轟くその名は――。

「かつての仲間から名指しで懇願されたとあっては、応えないわけにはいかないさ。久しいな、アシュレイ」

「シュザンヌ……！」

【希望の懸け橋】ポン・デ・レスポワールのリーダー、シュザンヌ・ヴァラドンが俺の元へと歩み寄ってきた。

下手をすれば男よりも凛々しい面立ちの彼女は、まっすぐ俺に手を差し伸べて、そして口早に本題に入った。

「して、早速だがバスキアの領主に面通し願いたい。緊急クエストだというにもかかわらず、中央の政治の関係で二ヶ月も放置されていたのだ。さぞバスキア領の兵団は損耗が激しいだろう。それにもかかわらず、派兵が認められたのは私一人だけだ。中央の都合でこのような運びとなって大変面目ない。せめて私の口からバスキア爵に直接お伝えして、誠意の限りお詫びしたい」

「え？」

「ん？」

早速、噛み合っていない気がする。懐かしい。そういえば連中との会話は大概噛み合わなかった。全員どこかずれているのだ。アホウの懸け橋、ポンコツポアールとか揶揄されていたのも今となってはいい思い出だ。

「ああ、いや、兵団とかは特にないんだ、この領地」

「え？　ん？　子爵領地なのではないのか？　西方辺境伯の海軍提督とバスキア城都督を兼任する騎士がいると聞いたが」

提督、都督とは大げさな言い方である。だが間違いないといえば間違いない。城伯とはそのような仕事だ。チマブーエ辺境伯のために海軍を率いる提督であり、砦となるバスキア城を守護する都督なのだ。

だが、ご存じの通り海軍なんてものはまだ存在していないし、そもそもバスキア城なんて城はない。書類上、海軍と城があることになっているだけで、いろんな雑用を任されている海賊たち、そして俺の馬鹿でかい屋敷がそれにあたる。

それにバスキアには騎士なんていない。一応、子爵兼男爵兼士爵だから、俺だけが騎士を名乗る資格がある。

名ばかりで実がない。バスキアの現状である。

「聞いたとも。この未開の地に蔓延る凶悪な野盗団たちを蹴散らし、ヴィーキングの末裔と名高いヴァイツェン海賊団を根絶させた、屈強な兵団がバスキアにいると」

「あ、そうなんだ」

「あ、そうなんだ……？」

シュザンヌが口元をわなわなさせ始めた。まずい兆候である。昔っから彼女は、俺のことを〝突然やベーことをやらかす手間のかかる子〟と認識している節がある。というか彼女の心配症を爆発させて泣かせたことが多々ある。

「大丈夫、安心してくれ、実をいうとそこまで魔物については心配ない。今のところ魔物の間引きは上手くいってるんだ。スライムを使って魔物を罠に嵌めて討ち取っている。だから大群暴走が起こる予兆はまだない」

「え、え、あれ？」

「むしろ、迷宮に〝王〟がいることがまずい。王は俺一人では倒せる自信がない。だから、みんなの力を借りたい」

「……俺一人？　俺一人⁉」

シュザンヌの顔がさっと青くなったかと思うと、急に目に見えておろおろし始めた。

あ、これ駄目な奴だ、と直感した。もし、この場に他の【希望の懸け橋】の仲間がいたら、またやってるぜあいつら、とばかりに笑われていたかもしれない。

「お前、一人で未知の迷宮探索してたのか‼　お馬鹿‼」

「お馬鹿って……一応言っとくと、一人じゃなくてスライムも一緒だ」

「一人じゃないか‼」

「いやだって白銀級の冒険者なんて俺しかいなかったし、活性化した不安定迷宮の探索の知見があるのはも俺ぐらいだからな。マッピングなんて慣れたもんだ」

「もう、もうっ、……もう‼」

牛かよ。そう思ったがさすがに口にはしない。

なぜか彼女は半泣きになっているが、正直心配しすぎである。

「というか、バスキア領って実はまだ設立して七年しかたってない新領地なんだ。領主軍もろくにいないし、元野盗の弓の名手が二十人ちょっとってぐらい。海軍はまあ、ヴァイツェン海賊団、メルツェン海賊団を併呑したからその戦力をまるっと使えるけど、軍紀や指揮体制はまだ整理中で、組織として動かすには許可が必要なんだ。ゴブリンやらコボルトやらもいるけど、あいつらは肉盾ぐらいにしかならないし、あまり戦力に計上しない方がいい。それぐらいかな。だから、迷宮探索については俺が一番詳しいし、俺が進めるのが安全だ」

「なんでアシュレイは！　自分をもっと！　大事にしないんだ‼」

「ほら、俺のスライム。こいつがいるから結構安全に――」

にゅるん、とちょうど地面からあらわれて俺の背中にぴっとりくっついてきたスライムを紹介する。

だが突然出てきたのがまずかった。「うひゃあああっ！？！？」と叫び声を上げて腰を抜かした彼女は、驚きのあまり息を切らしてぼろぼろ泣いていた。さっきまで半泣きだったのを驚かせたのだからそりゃ泣く。ぐずぐずになっていた。

「な、なんでそんな意地悪するの……っ」

「意地悪してないが」

ひんひん言ってるシュザンヌを見ていると、なぜか罪悪感と変な気持ちが湧いてくる。スライムのやつが勝手に出てきただけなのに。ちょっと納得がいかない。

スライムもちょっときょとんとしている、ような気がする。俺と目が合ったが、彼女は目をぱちくりと開いたままだった。

鼻を鳴らしながら、シュザンヌがまだ何か言いたげな顔を作って、だがそれをぐっとこらえたようにしてから口を開いた。

「も、もういい、心配して損した、アシュレイなんて意地悪されてしまえ、私は領主とお話しする」

「えっと、すまん、それなんだが」

涙をこぼして駄々っ子のようになってしまったシュザンヌの腕をつかんで、身を起こす手助けをしてあげる。

ちょうどいい、と思って俺はそろそろ正体を明かすことにした。

「言い遅れてすまなかった。実は俺、バスキアの領主をやってるんだ。まるでバスキア領主と連名で緊急依頼を出したように見えたかもしれないが、あれ、一つで俺の肩書と名前なんだ」

「んひえ……」

シュザンヌの口元があわあわ覚束なくなっていた。目元にまたたっぷり涙を浮かべている。いろいろと訳がわからなくなってパニックになっているらしい。何故（なぜ）。

2783日目〜2786日目

あれからも、いろいろと俺の領地にいちいち驚いて「よくわからないよお……心配だよお……」みたいな反応をしていたシュザンヌだったが、それはそれである。

迷宮探索に繰り出せば、彼女はたちまちに頼れる女騎士へと一変する。

「なるほど、アシュレイがマッピングしてくれた地図と今の地形で、それなりに誤差が出ているな。浅層はともかく深層へ進むにつれて迷宮蠢動が顕著に見られる。典型的な活性迷宮だな」

「ああ。一応活性化を抑えるために、魔銀の楔を何個か打ち込んであるが、完全に沈静化できてるわけじゃない。遠からぬうちに手を打ちたい」

「なるほどな……」

火山迷宮に足を踏み入れた俺とシュザンヌは、非常に速いペースで迷宮探索を進めていた。〝英雄〟指定の探索者だけはある。流石に彼女は手慣れていた。

剣の鞘で壁をこつこつと叩きながら、シュザンヌは辺りを見回してから言った。

「しかも、深層部の壁面に古代基層言語らしき文字が刻まれている。恐らくはアシュレイの読みどおり、〝名持ち〟の魔物が迷宮の守護者として待ち受けているだろうな。古代基層言語の知識が全く無いので、私にはどんな守護者なのかわからないが……」

「すまんが、俺にも読み解けなかった。火の魔物だとは思うんだが……」

話しながらの道すがら、死角から四つん這いのトカゲの魔物が突如飛びかかってくる。

だがそれに合わせて天井からスライムが現れて、水の網でトカゲの顔面を捉えてそのまま天井へと叩き付ける。顔だけで体重を支えることになったトカゲは、水による窒息と頸椎への過度の負担に藻掻き苦しみ、そしてそのまま動かなくなった。

あざやかな仕事である。俺の相棒のスライムは、着実に俺の手口を学習してくれている。

おかげでシュザンヌの見事な抜剣術が、不発に終わってしまっていた。

「……いつも思うが、お前のスライムの使い方は凶悪だな」

「いやいや、無茶な要請に応えてくれるうちのスライムのおかげだよ。並大抵のスライムだとこんなに速く動けないし、水網の強靭さだって段違いだ」

天井からぬるりと下りてきたスライムが、またもや俺の首に抱きついて甘えてきた。暇になったらしい。油断してると首に噛み付いたりくすぐったりしてくるので、適当に核をくすぐってあしらっておく。

何だか隣から白い目で見られているような気がしたが、そんなに変だろうか。

「……ともかくだ」

軽く喉を鳴らして、シュザンヌは心して聞けとばかりに勿体をつけた。

「私とお前の仕事はあくまで威力偵察だ。迷宮の守護者とは、軽く戦ってそのまま離脱するぞ」

「分かっているさ。無理はしない。お前はしっかり中央に『英雄指定の冒険者(ぼうけんしゃ)をパーティ単位で派遣(はけん)してほしい』と証跡(しょうせき)付きで報告する、俺は冒険者ギルドに事の深刻さを再度伝える、そして万全(ばんぜん)の態勢で迷宮の守護者を討滅(とうめつ)する……だな」

そう。今日の目的はあくまで威力偵察。迷宮の守護者の脅威(きょうい)を早い段階で明らかにするのが狙(ねら)いだ。

もちろん、格の低い魔物であれば俺たちだけで討滅する。だが、これだけ活発に蠢動している迷宮の主である、あまり弱さを期待しないほうがいい。

「ああ。いざとなったら私の剣の〝日輪解放〟を行って、迷宮の壁ごと吹(ふ)き飛ばす」

シュザンヌが剣をかちりと鳴らして応えた。

太陽の聖騎士の名は、伊達(だて)ではない。俺は彼女の鬼神(きじん)の如(ごと)き強さをよく知っている。

幕間 ？？？？

INTER LUDE

迷宮の魔物は、暗き淵より名を呼ばれ、そして命の形へと成る。

暗き淵には滅びた言葉が、行き場を失って淀み渦巻いている。滅びたゆえに、魔物の名を呼ぶ者はおらず、彼らを慈しみ受け入れる概念さえ世にはない。

そこに在るだけの存在。それを象る言葉もなければ、それを理解する者さえいない。

たとえ彼らに害意がないのだとしても。

彼らの存在そのものが、異質であるがゆえ、理そのものを歪めることさえある。

赤ん坊に名前を付けることは、この世に生まれたことへの祝福である。

名もなき魂はやがて形を失う。

言葉に力が宿る世界で、語りえぬものが生まれたとき、それは然るべくして討ち滅ぼされるのだ。

第32話 バスキア火山迷宮の発見3

シュザンヌが作戦を聞いたとき、最初に思ったのは（こいつ相変わらず最悪だな……）という素朴な感想であった。この悪辣さがいっそのこと頼もしい。アシュレイは決して英雄とは褒めたたえられないが、並大抵の英雄よりも遥かに魔物に対して苛烈である。

備えあれば患いなし、とはよく言うが、アシュレイの場合は度が過ぎている。彼の備えとは、思いつく限りの意匠をこらした底知れぬ〝悪意〟なのだ。

迷宮の守護者が待ち構えている場所までたどり着き、いくつかの準備を整えて、シュザンヌとアシュレイは最深部の部屋に向き直った。

足を踏み入れれば最後、この先にいる魔物と対峙することになる。

だからこそ、隣にいる悪辣召喚士は、一計を講じていた。

「よっしゃスライム、入り口を全部塞げ。酸欠で弱らせるぞ」

にゅるる、とスライムが一気に身体を膨張させ、そして部屋の壁面を這うように広がった。スライムの透明の身体越しに中の様子を窺ってみたところ、恐らく部屋全体の穴という穴は軽く塞ぎきったように見える。

部屋の中からは何の音もしない。もしかしたら迷宮の主は、スライムに気付いていないのかもしれない。洞窟の暗がりの中を、ほぼ無音で広がる透明の物質。気付くのも難しいだろう。

つくづく発想が外道だった。

「洞窟前に準備してきた粘土をたくさんもってこい。壁の穴を塗りたくって塞げ。端から順に塗り潰して、徐々に身体を戻せ」

どんどん粘土が部屋の中に搬入されていくのを、傍から眺める。何となればこの土は、急いで倉庫をたくさん作ったときに出た不要な土を再利用していると聞く。こんなところまで効率的だった。

さらにアシュレイは、まだまだやるぞとばかりに命令を飛ばした。

「部屋の穴を埋めたら、入り口も粘土でほとんど塞げ。そして海水をたくさん引っ張ってこい。塩を作るための塩田にしてやる。赤熱しているありとあらゆる岩をガンガンに冷やせ。魔物本体に海水をぶっかけてもいいぞ、目を執拗に狙え」

徹底して正面から戦わないつもりらしかった。

酸素の供給源を断ち切り、塩辛い蒸気で蒸して、隙あらば海水をぶっかける。奥に待ち構えている迷宮の主を何だと思っているのか。

しかもアシュレイの作戦の怖いところは、本当にこれだけを執拗に続けるところだ。気付けば最深部に入るための入り口には、分厚い粘土の壁ができており、中の様子はほとんど見えなくなっている。

だが、粘土の壁に耳を近づければ、じゅわじゅわと海水が間断なく煮え立って蒸発する音が聞こえ、またきいきいと甲高い悲鳴も聞こえてくる。何が起きてるのか大体想像が付く。

もしこれで、迷宮の主が呼吸を行う生き物であれば、ほぼ詰んでいる。塩辛い蒸気と海水の目潰しで視界が阻まれている状態で、粘土で埋め潰した入り口を体当たりなり何なりで突破する――という知性が働かない限りは、もう勝ちである。

しかしアシュレイはそれを警戒しているらしかった。

「スライムに木の実をたくさん持たせている。熱したらバチバチ音が鳴って破裂するから、火の元に投げつけると気を引きつけられるはずだ。これで、音の鳴る方向に敵がいると錯覚させる。しかも海水をぶっかける方向も四方八方に散らしてある。方向感覚を奪い去るのと、海水をかけられた方向にも敵がいると錯覚させるのが狙いだ。光源となる赤熱した岩も海水をぶっかけて冷ましてあるし、部屋内部の暗さは普段よりも劣悪になるはず。出口なんて分かるはずがない」

「……本当にお前は、余念が無いな」

部屋の内部からは、もがき苦しんで暴れるような音が聞こえた。

呼応して、炎の燃え盛るごうごうとした低い音も聞こえてくる。きっとこの部屋の中は地獄のような熱で焼かれているに違いない。それでも、焼く対象がいなければほぼ無意味だ。

身体の芯に響くような鈍い振動。迷宮がびりびりと震えるほどの呪力を込められた、劫火の息吹。もし正攻法でこの中に攻め入っていたら――と思うとぞっとする。

だが、しかし。

「……？　どうしたスライム、苦しいのか？」

びくり、びくり、と波打ったように震えるスライムを見て、アシュレイが案ずるように声をかけていた。

無敵と思われたスライムが、痛みに耐えるかのように震えている。核こそ全く無事で見る限り問題はなさそうだったが――アシュレイの表情の変化が尋常でなかった。

「！　壁を見ろ！　古代文字がびっしりと広がっている！」

「!!」

アシュレイが壁を指さして叫んだ。

これは解釈が分かれる。迷宮の主を瀕死にまで追いつめたときに、稀に見られる現象だ。

つまり圧倒的に優勢だともいえる。だがしかし、この現象が現れたときは、得てして迷宮の主がありったけの力を振り絞る時であり――。

「入り口から離れろ!!」

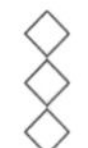

「入り口から離れろ!!」

俺の叫び声とほぼ同時に、粘土で作り上げた土塁に強烈な衝撃が走った。きいきいと甲高い悲鳴が上がる。シュザンヌはほぼ反射的に飛び退って、俺はスライムに引っ張られてかろうじて衝撃から逃れていた。

入り口を塞いでいた土塁は、大きくひしゃげていた。重石がなかったら、きっと木っ端微塵に崩れて、突貫されてしまっていただろう。

(体当たり攻撃か。万が一に備えて土壁を厚めに作っておいて正解だった)

苦悶の声が聞こえる。

粘土の中に仕込んでおいた重石代わりの鉄屑――錆びた武器やら折れた武器やらに、真正面から突っ込んだのだ。少しぐらいは苦しんでもらわないと困る。加えて、鉄屑にはトリカブトやらを中心に、エルフとゴブリンシャーマンに調合してもらった麻痺毒を塗りたくってある。並大抵の魔物ならこれで息絶えるはずだ。

瞬間、迷宮がどくんと脈打った。

土塁の隙間から勢いよく炎が噴き漏れる。気の滅入るような熱波。俺は舌打ちした。

しぶといことに、この中にいる魔物はまだ生きている。

恐ろしい強敵だ。ここまでの仕打ちを受けながらも、なお生きているとは。

(しつこい! 何てやつだ、王指定の魔物でもこんなに手強くはなかったぞ!)

鉄屑に仕込んだ呪符を発動させる。水縛鎖の呪符。水で縛るだけの術式だが、特定の魔物によっては攻撃にもなり得る。しかも俺が呪言を強めに仕込んだ一級品で、痛覚を司る神経をずたずたにする呪いがかかっている。

一際甲高い悲鳴が上がり、中の魔物がのたうち回る音が聞こえた。だが俺はさらにスライムに命令を下した。

「スライム! 隙間から奴の身体を滅多刺しにするんだ! 傷口から入れ! 体内に入って柔らかい場所をずたずたにしろ!」

我ながら最悪な命令だと思った。だが、これしかないと思った。

この魔物と直面したら死ぬ。

まだかろうじて閉じ込められているうちに、息の根を止めるしかない。

にゅるん、とスライムが身を伸ばして、粘土の隙間に入っていく。

同時に痛みに悶えるように核が震えた。思わず俺は核を強く抱えた。

骨身を貫く生々しい音と、迷宮を震わせるおぞましい絶叫が聞こえる。あまりの熱に何かが割れて爆ぜるような音。壁に激突するような音。炎の吹き荒れる音。

（こいつ、ここまでされてまだ生きているのか！　嘘だろ、これで終わってくれよ！）

背筋に冷たい予感が走った。

炎は再生する生命の象徴、と聞いたことがある。古の人は不定形の炎のゆらめきと輝きの中に、生命の力強さを見たのだ。

まばゆい光が世界を作った。

天高く燃え盛る太陽が大陸を遍く照らした。

そして輝きと熱の象徴たる炎こそが、万物の根源の一つだと。

とうとう土の壁を貫いて、満身創痍の魔物が姿を現した。

目の片方は、こびりついた塩ですっかり白ばんでおり、腹部からは血のようなものをぼとぼと溢している。火炎を身に纏い、身体中に突き刺さった武器を煌々と赤熱させ、それでも魔物はまだ生きている。

——古き伝承の語りて曰く。

燃え盛る火の中には蜥蜴が住まうと。

名前も知られぬ、滅びた時代の伝承の生き物。古代文字が迷宮を這い回る。

その記号/sˈæləmˈændɚ/が熱とともに煌めいた。

瞬間、シュザンヌが日輪の剣を抜いて飛び退った。

ほぼ同時に業火が眼前を舞う。一瞬の出来事。

続けざまの二の矢、三の矢と火柱が地面から間断なく噴き上がるが、シュザンヌはそれらを剣で薙ぎ払い、かろうじて身をかわした。赤熱した石のつぶてが雨のように降ってくるが、これも剣閃で軽く弾く。

だが、魔物はさらに容赦がなかった。

ぼおう、と間抜けな音と、炎の大津波が一気に広がった。炎龍の気炎、あるいはそれ以上の粘っこい熱波が迫りくる。

「——ッ！　爆ぜろ、ガラティーン！」

叫ぶシュザンヌ。日輪の刃が煌めき、輝きの帯が直進して蜥蜴の顔面を貫く。ぼこぼこと沸騰するように蜥蜴の身体は無数の泡のごとく膨らんだ。スライムが逃げるとほぼ同時に、蜥蜴はその身を破裂させた。

これで止めを刺したか、と思った刹那、身体が半身しか残っていない蜥蜴がのそりと立ち上がった。残りの半身は炎が蜥蜴の形になって補っていた。

『――――』

半身の蜥蜴は、言葉にならない謎のつぶやきを漏らしていた。何を考えているかも分からない。ただ真っ直ぐに、俺とシュザンヌをその目で見つめていた。

全く脈絡もなく、ふとスライムに見つめられたときを思い出した。こちらの全てを覗き込むような眼差し。この世の根源を見つめているような途方も無い感覚。

その刹那。

蜥蜴の足元が激しく爆ぜた。

全ては一瞬のことだった。

シュザンヌが二度剣を振るった。が、それより速く蜥蜴が彼女を抑え込んでいた。

否、シュザンヌの剣閃は的確に蜥蜴を捉えていたが――切られてなお、燃え盛る蜥蜴は崩れかけの身体で突撃を敢行し、恐ろしい膂力で女騎士を羽交い締めにしていた。

「！　シュザンヌ！」

蜥蜴を蹴とばそうとするシュザンヌ。だが蜥蜴は揺らめく炎のごとく身体を変形させて、やはりシュザンヌを放そうとしなかった。俺はとっさに呪符を投げたが、炎に阻まれてしまった。

スライムはなぜか飛びかからない。蜥蜴は長い舌を伸ばして、シュザンヌの首に何かを刻み込んでいた。

そして、業炎が彼女を包んだ。

俺は絶句した。何を口走ったかも覚えていない。

とにかく、頭がかっと熱くなって、スライムに無茶な命令を下したような気がする。

だがスライムは従わなかった。むしろスライムは、俺が暴れないように俺を拘束(こうそく)していた。信じられないことに、炎に包まれるシュザンヌをなすがままにしていたのだ。

蜥蜴が急に小さくなった。そして炎が緩(ゆる)やかに消えた。衝撃が俺の脳をしびれさせていた。

肝(きも)の潰れるような思いだった俺は、結局何もできないままだった。

「な……え、えっ」

シュザンヌは、結局なにもないまま、無事に炎から解放されていた。そして首には謎の痣(あざ)が出来ていた。

小さな蜥蜴が彼女の肩(かた)に乗って、ぺろぺろと首を舐(な)めている。

——シュザンヌが、生きている。

叫び疲(つか)れた俺は、目の前の光景に思わず脱力(だつりょく)してしまった。

もしや、もしやの話だが。

俺はまとまらない思考をかき集めて、何とか結論を導こうとした。

もしかしたら、シュザンヌと迷宮の主との間に、何かしらの契約(けいやく)が交(か)わされたのかもしれない。

第33話　バスキア火山迷宮の発見4

高位階梯の魔物ともなってくると、契約を交わしてくることが極稀にあるという。古の時代では龍と契約した英雄などが有名である。

そういった魔物は、伝承種だとか幻想種だとか言われることもあり、とにかく大陸をくまなく探してもほとんど例を見ない。契約の形式も全然明らかになっていない。

中には無理やり伴侶にさせられてしまう例もあるらしい。とにかく何が起きるのか分からないのだ。

「よかったなシュザンヌ、お前、蜥蜴に気に入られたみたいだぞ」

「ふえ……」

爬虫類があんまり得意じゃないシュザンヌは、泣きそうな顔になっていた。蜥蜴にぺろぺろ舐められるたびに肩をびくつかせる彼女は、何だかちょっと微笑ましかった。

かくして、火山迷宮の攻略は無事に終了した。

結局、火山迷宮の核はバスキア領で回収し、スライムと蜥蜴の餌にすることになった。王家に献上することも考えたが、やたらと二匹に抵抗されるので、やむなしと考えたのである。

スライムもそうだが、燃える蜥蜴も随分と食いしん坊だった。日輪の剣ガラティーンを食べそうになったときは、シュザンヌが慌てて止めていた。

火山迷宮には慎重(しんちょう)に調査が入ることになり、チマブーエ辺境伯(へんきょうはく)の指示のもと、念入りに安全性を確認(かくにん)することになった。迷宮(めいきゅう)二つが繋(つな)がってしまうという大事件が起きたので、当然と言えば当然である。

幸いなことに、核を一つ破壊(はかい)した後は、迷宮の活動はかなり緩(ゆる)やかになったため、問題なく開拓(かいたく)が再開される見通しだ。迷宮が広くなった分、産出される資源の量もちょっと増えている。

ちなみに、冒険者(ぼうけんしゃ)ギルドもほぼ同時に安全調査の探索者(たんさくしゃ)派遣(はけん)の打診(だしん)を出してきたが、面倒(めんどう)なので断っておいた。こちらが助けを要請(ようせい)したときはやたらと初動が遅(おそ)かったくせに、資源開拓の利権に噛(か)みたいからと今になって出しゃばってくるとは、随分と虫のいい連中だ。こういうときだけ準備が早いのも癇(かん)に障(さわ)る。

迷宮倉庫から搬出(はんしゅつ)した荷物は、再度関係者に説明し直してから、迷宮の中へと搬入し直すことになった。迷宮を拡張してできた空間を倉庫として活用するのは良いアイデアだと思ったのだが、今回の件ではいろんな関係者に多大な迷惑(めいわく)をかけてしまった。

結論から言えば、預かった荷物を全部そのまま迷宮の中に取り残しておいても何ら問題はなかったのだが、そんなこと分かるはずもない。搬出と再搬入の混乱で紛失(ふんしつ)した物品、破損した物品、迷惑料、それらで結構な出費が発生した。

ただし、間抜(まぬ)けな奴(やつ)らは炙(あぶ)り出せた。この機会に契約書面を改竄(かいざん)して、存在しない物品の紛失を偽装(ぎそう)して吹(ふ)っかけてきた性根(しょうね)の腐(くさ)った商会については、どんな豪商(ごうしょう)であろうと真正面から戦うことにした。チマブーエ辺境伯と共に、どう料理してやろうかと検討中である。

そして、火山迷宮と洞窟迷宮が繋がったおかげなのか、バスキア領にはさらなる副産物が得られた。

それは即ち。

（――源泉が見つかった！　やったぞ！　温泉を作ることが出来るじゃないか！）

俺は内心で快哉を叫んでいた。温泉はちょうど欲しいと思っていたところだ。

普通の水源と違って温泉は、病原菌がほとんど潜んでおらず、身を清めるのにとても適している。金属由来の成分が多く溶け込んでいるので飲用には適さないことが多いが、それでも温泉があれば、それ自体で観光資源になる。

適当な効用を吹聴して、湯治の一大名所としてバスキアを盛り上げてしまえれば、由緒正しい大貴族やら豪商やらが足を運んでくれる可能性がある。

今までのバスキア領には舗装された道と大きな港だけしかなかった。交易が栄えているが、それだけだった。祭りはたくさん開かれているが、領地そのものの魅力には乏しかった。

それが、温泉が見つかったとなれば話は変わってくる。自然豊かで経済的にも活気のある温泉街。治安良好で催事多し。航路も陸路も整備済みとあらば、一気に魅力的な観光地になる。

――バスキア温泉と、バスキア旅館の経営。

エルフに教わった薬湯だとか、ドワーフと共に作った露天風呂だとか、とにかくやりたいことはたくさんある。どうせなら貴人のみしか入れない秘湯を作ってもいいだろう。石材調達も建立も清掃もスライムにやらせたらコストは全くかからない。

先立って作ってあるマッサージ施設との相性も抜群で、好評を博すに違いなかった。

（……振り返ってみたら、大きな収穫があったな。迷宮同士が繋がった時はどうしたものかと思ったが）

一日の政務を終えて、ベッドに深く沈み込みながら、俺は大きく息を吐いた。

自分で蒔いた種ではあったが、とにかく忙しい日々だった。全てが終わってしまうかと思ったが、結果オーライである。ようやく枕を高くして眠ることができるというものだ。

俺にべったりとのしかかってくるスライムの核を抱きしめながら、俺は蕩けるような睡魔に身を任せた。

2787日目

朝がきて、スライムに肩を揺すられて起こされる。珍しいこともあるものだな、と思って目を覚ましたら、部下から山のように報告が来ていた。

どうやら例の騒動が思ったよりも大きく広がっているらしい。チマブーエ辺境伯が頑張ってとりなしてくれていたようだが、事態は国王を巻き込む話になっているとのこと。

そもそも、俺とシュザンヌの二人で無力化した迷宮の主は、相当格上の存在らしい。確かに、名持ちの魔物の中でもかなり強い方だと思ったが、特別指定種、幻想種のみならず、禁忌指定までつく可能性があるという。

　このバスキアの地に偶然いた古代言語の学者曰く、「原初の火」と強い関連が見られる魔物だとのこと。この学者の爺さんが、かつてその分野の権威だったようで、『極めて重要度の高い』報告を受けた王国から急いで調査員が派遣される見通しである。

（なんでそんな偶然、学者の爺さんがいるんだ……？）

　一瞬呆けたが、冷静に考えたらそのような学術関係者の誘致施策を取っていたのは俺だった。

　老齢になって王立研究所での勤務もつらくなってきた研究者たちに、支援金を潤沢に提供し、質のいいガラスの実験器具やら、精度の高い眼鏡やら、上等な紙やら、研究しやすい環境をやたらと整えてあげて、とりあえず片っ端から声をかけまくっていたのを思い出す。

　忙しすぎて全て部下に丸投げしていたが、いつの間にやらそんな大物を釣り上げていたらしい。知らなかった。

　というか、俺のように好待遇で爺さん婆さんを雇ってくれる場所が意外にも限られるようだ。

　確かに、歳を取った研究者は、貴族の家庭教師になるか、何かしらの研究機関の名誉顧問になるか、そのどちらかが叶わない場合、研究功績に応じた勲等年金に頼った生活になる。食うには困らないだろうが、自腹を切って趣味で研究生活をするにはちょっと厳しい。

　趣味で研究を続けたい連中にとっては、バスキア領の環境は破格だったようである。

（いや、そんなことはどうでもいいな。国王が動いているってどういうことだ……？）

　考える。

　大陸六傑の一人、〝太陽の聖騎士〟シュザンヌは、王国の外交手札の一つにも数えられるほどの存在である。

そして、そんな彼女が幻想種にして禁忌指定の魔物と契約を結んだことになる。確かに国の一大事かもしれない。

だが、それでもチマブーエ辺境伯の手に余るような事態には思えない。国王が動く理由が全然わからない。いつも通り、すんげー英雄だから王都に呼んで凱旋式をしようじゃないか、でいいと思うのだが。そもそも分野の権威だったとはいえ、学者の爺さんの報告書がどうしてそんな王様を巻き込むような事態になっているのだろうか——。

「……あ、四大精霊……!?」

気付く。

瞬間、怖気が走った。

幻想種で禁忌指定。この世の根源の一種、原初の火と縁の深い存在。

それで、王家も抱き込んだ大騒動に発展しているとなれば、もうそれぐらいしか思いつかない。

あの蜥蜴。もしや、四大精霊なのではないか。

第34話　四大精霊の発見・大精霊祭の演説（第三者視点）

2788日目～2811日目

——四大精霊が発見された。しかも、大陸の他の国のどこでもなく、王国にて発見されたという。

大陸中が、この降って湧（わ）いた話題に熱狂（ねっきょう）した。

古くより伝わる魔術（まじゅつ）の基礎（きそ）的な考えによると、世には四つの精霊信仰（しんこう）があった。

この世にあるすべての生命は、原初の火アータルの輝（かがや）きから生まれたとする考え——火属性。

この世にあるすべての作用は、不可視のエーテルの風にて伝搬（でんぱん）されるとする考え——風属性。

この世にあるすべての運動は、流体の流れによって操作されているとする考え——水属性。

この世にあるすべての物体は、母なる大地より生まれて大地に還（かえ）るとする考え——土属性。

世界の根源を説明する、四つの独立した思想を折衷（せっちゅう）したのが、四大元素論である。

精霊原理とさえ呼ばれている、この四大元素の考えは、長らく魔術研究の骨子として存在し続けた。もちろん四大属性を否定する魔術体系も存在するが、ほとんどの魔術体系はこの四大属性の考えに賛同し、それを体系の中に組み入れていた。

無論、四大精霊の存在を実際に確認（かくにん）した者はいないというのに、である。

「それをお前、契約（けいやく）だなんてすげえよ。多分、大陸中がお前に注目している。ついに四大精霊の考えは正しかったのだと、いろんな魔術師が息巻いて興奮している」

「ふえ……」

忙しいスケジュールの合間を縫って、ぽつんと心細そうにしているシュザンヌに話しかける。

当の本人であるシュザンヌは、もう泣きそうな顔になっていた。何をどうすれば良いのかわからず、半分パニックになっているらしい。

蜥蜴なんかもう全然興味がないようで、シュザンヌの首をぺろぺろしている。呑気な奴である。こいつのせいで世界がひっくり返りそうになっているというのに。

「世界で最初に精霊を発見したバスキアも、きっと称えられることになると思う。明日さ、俺、国王と共同で演説を行うんだ。多分シュザンヌも何かしゃべるんじゃないかな」

「……あ、アシュレイ、どうしよう、私、きっと何にもできない……」

おろおろして半ば駄目人間になっているシュザンヌは、話の大きさに目をまわしていた。

そりゃまあ困るだろう。分からないでもない。友人の助けに応えて魔物退治を手伝ったら、大陸中から「聖女の再来！」「伝説の騎士！」「救国の乙女！」「大陸史に残る英雄！」とかやんややんやともてはやされることになったのだ。

こんなの、気の小さい彼女にとってみたら拷問のようなものだ。

「まあ、助け舟は出すから頑張れ。何かいいこと言って乗り切れ」

「アシュレイが契約したことにしてよぉ……もう無理だよぉ……」

泣きだした。見慣れた光景である。

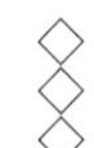

王国暦196年。

この日、大陸でも最も喜ばしい、祝福と栄光の日が訪れた。

大陸からは、【帝国】【共和国】【教国】【通商連合】【皇国】のそれぞれの君主らに加えて、【王国】からも国王が参加する一大催事が執り行われる。大陸の平和と安寧、それぞれの国の交易に向けた共同声明、そして――。

「此度は急な呼びかけにお集まりいただき、誠に感謝する。大陸の統治者たる皆様にこの辺境の地バスキアにまでご足労いただいたのは、史上初めての精霊との契約者が現れたことを、共に祝福いただくためである」

国王の短い言葉とともに、歓声が爆発する。

――大精霊祭。

聖なる乙女シュザンヌと、火の精霊による、歴史上初めてとなる精霊契約を祝う祭典が、今ここに開催されたのである。

歴史の一幕に立ち会えたことに、人々は大いに歓喜した。

ある敬虔な信徒はその場に泣き崩れて生あることを感謝した。ある若い夫婦はこの喜ばしい日に婚約を誓った。ある職人はとにかく分からないが酒を飲んではしゃぎ、そしてふとした瞬間だけ真剣になって精霊に祈った。

精霊はこの世にいたのだ。

人々は口々に称える。

おおシュザンヌよ、おお心清らかなる高潔な女騎士よ、そなたの武勇の誉れ、そなたの誇り高き精神に、精霊様はその姿を現したもうた、精霊様は祝福をあたえたもうた――。

古代より存在したる火の精霊。名の読み方はとうの昔に逸失している。

畏れ多くも、/sˈæləmˌændɚ/、の記号のみがそこにある。

「聖女万歳！　王国万歳！　大陸万歳！」

万歳三唱とともに、楽曲隊による盛大な演奏が始まる。ついで、白の教団の教皇によるありがたい説法と祝福の言葉。

――後の歴史書には、かく記される。

聖女シュザンヌは、この日の人々の喜びとともにあった。

人々の歓喜を前にして、しかし表情は緩まずあくまで騎士らしく。

それでも彼女は、大いなる感謝と身に余る光栄に、言葉をなくして、その場で大粒の涙を流して、深く、深く、運命に感謝したという。

真の英雄には、演説すらいらぬのだ。

そして、歴史書にはまだ続きが記されている。

誰もうまく統治できなかった西方の辺境バスキアの地を、わずか八年にしてここまで栄えさせた冒険者として英雄一行【希望の懸け橋】に在籍した実力者。冒険者ギルド曰く、将来を嘱望されながらも、本人の強い希望と意志で一行を離脱した、信念の強い男。

そんな貴族、アシュレイが下記のように演説を行ったとされる。

『此度は王国より、新たなる家紋と紋章を下賜された。バスキア領地の旗は、歴史上初となる精霊の顕現を称え、ここにその精霊の称号を刻む。

そう、この地は誉れ高き祝福の地、火の精霊の地、バスキアと！』

——瞬間、アシュレイはものすごい勢いでスライムに襲われたとされる。

理由は不明である。

エピローグ

新たなる波乱の予感

EPILOGUE

2812日目～2840日目

理由は不明だが、何故かスライムにやたらと怒られてしまった。どう表現すればいいのか分からないが、とにかく彼女はご立腹らしい。

そういえば、演説の際にやたらと落ち着きがなかったような気がする。

『いいかスライム、聞いてくれ。歴史上初となる、精霊の契約を称える演説があるんだ。そこではきっと精霊をこの上なく褒めたたえるだろう。そして精霊と契約者が将来にわたって永久に良い関係であり続けるよう儀式を行って願うんだ。

そして俺はその大役を任された。新しい旗のデザインもそこで発表する予定だ。きっとこれからも未来永劫、バスキアは語り継がれることになるだろう』

伝わっているのか伝わっていないのかよくわからない。

そもそも、契約者と魔物の意思疎通は、言語ではなく、感覚だとか感情だとか、ぼんやりした程度のものだ。魂同士がつながっている、その根底でのみやり取りが交わされる。当然、正しく意思疎通が図れることはまずないと思っていい。

だが、とりあえずスライムに事情を伝えた後、驚いたように核を震わせて、うにゅうにゅうろちょろ動いていたような気がする。

演説直前も、やたら身体をにょーんと伸ばしたりぷるぷる震えたり、俺にしがみついてきたりとよくわからないことをしていた。なんだかシュザンヌにちょっと似ているような気がした。不安だったのだろうか。

ともかく、俺はスライムを肩に張り付けたまま演説を行うことになった。

『此度は王国より、新たなる家紋と紋章を下賜された。バスキア領地の旗は、歴史上初となる精霊の顕現を称え、ここにその精霊の称号を刻む！』

やたらスライムの核がどきどき震えていたのを覚えている。

だが俺は用意された原稿通り、演説を遂行した。

『――そう、この地は誉れ高き祝福の地、火の精霊の地、バスキアと！』

そしたら。

しばらくぽかんとしたようにスライムが動かなくなって。

ちょっと遅れて、突然えらい剣幕で怒られてしまったのだ。理由は不明だが、なんだか恥ずかしがっているような感じだった。本当によく分からない。

上手いたとえが思いつかないが、今から結婚発表します、というそぶりを見せておいて全部嘘でした、みたいな騙し方をされたら、俺もこんな風に怒るかもしれない。

全くもって、意思の疎通が中途半端で言葉が上手く通じないのは厄介である。

（結局あれこれと機嫌を取るうちに許してもらえたっぽいんだけど、あんなに怒るんだな、スライ

ムって）
あんなに豊かな感情表現ができるなんて――と、新しい一面を見られてちょっとだけ嬉しかったのは秘密である。

2841日目～2874日目

喜ばしい祭典の後ではあったが、俺は王国に反逆することになってしまった。

――バスキア領を、王国領としたい、という打診を断ったためである。

冷静に考えると、このバスキアの価値は高まりすぎてしまった。

道路も貿易港も保持しており、水路も完全に近いほど整備されている。その上、資源の産出できる迷宮を二つも抱えている。社交界への露出こそほとんどないものの、バスキア領は徐々に存在感を増しており、王国貴族たちが無視できない存在になってきている。

極めつきに、このバスキアは世界で初めて精霊が確認できた聖地となってしまった。今や大陸の全土がバスキアの動向に注目していた。

これを以て、非常に厄介な難癖をこれでもか、とばかりに吹っ掛けられることになってしまった。

白の教団の過激派連中が「精霊が現れたる聖地を人が治めるとは何事か、教団が管理するか、もしくは教団の洗礼を受けて恭順を示せ」とかクソどうでもいいことを喚き始めたり。

通商連合の大豪商が「こんな立派な領主が婚約者もいないとは！　我が娘との婚姻を是非に！」

と、断っているにもかかわらず婚約の押し売りを我先と始めたり。

冒険者ギルドの連中も「こんな広い迷宮を、ろくな領地軍もなしに管理しようとは危険すぎる！よってギルドの特殊管理区域に指定させていただく！」と俺の許可もなしに管理区域令を発出したり。

何かを勘違いした王国貴族の連中も「子爵なら、寄る辺となる貴族が必要だろう！　チマブーエ辺境伯だけじゃなく、私にも頼れ！」とか、恐喝に近い強引な勧誘を始めたり。

事態があまりに急展開すぎただけに、ほぼ抑えが利かず、てんやわんやの事態となってしまっていた。

どれもこれも、俺が政治的外交に無関心すぎたのが悪かった。

舐められすぎているのだ。

そこにきて、国王からの打診である。

お前ではこの問題を解決できまい。だが、王家の名前を使えば問題を一つ一つ解決できるだろう。だから、この領地を国王領としないか。

お前は王宮貴族として伯爵位を以て取り立ててやろう、そしてこのバスキアの地の都督に改めて任ずる、だから今までとほとんど仕事は変わらないし、ここで悠々自適に暮らす権利もある、と。

——言葉はいいが、要するに、バスキアを寄越せと言っているのだ。

（なんだか筋書き通りのような気がするんだよな。王家の連中がわざと混乱を加速させているようにも思うんだが）

実質的には王家からの命令であったが、俺は断った。

チマブーエ辺境伯のやり口と違って、こっちはどうにも虫が好かない。上手く言語化できている気はしないが、嵌めようとするようなやり口は俺の性に合わない。

なので、いかに国王の言葉であったとしても、ばっさりと断ったわけである。

「……ふむ、余の言葉に従わんか。その意気やよし。幸多からんことを祈ろう」

国王は残念そうに苦笑していた。とても名残惜しそうな、どこか寂しそうな微笑みだった。

その後の王の言葉はよくわからなかった。口だけ動いて、声には出さなかったのだろう。だが俺の目が間違っていなかったら、こう読み取れた。

——茨の道だな、と。

2875日目

大精霊祭が無事終わり、これでバスキアにも平穏が訪れるかな、と思っていた矢先のことである。

王家から、あまり嬉しくない連絡が来た。いわゆる勅命である。

視察の結果、伯爵領とほぼ同等の経済能力があると見なされて、王家に治める税率を引き上げられてしまったのだ。しかし権限は子爵位のままである。

（……へえ、そう来るんだ）

勅命の後ろには、俺のことを褒めたたえる辞令がまぶされていたが、そんなのはどうでもいい。要するに、王国領にならないのならば搾り取るぞ、というわけである。王家はどうにか俺に首輪をかけたいのだろう。きっと王家だけじゃなく、他の王国貴族だとか、冒険者ギルドだとか、豪商だとか、教会だとか、そんな外野の連中も、同じ思いなのだろう。

全く以て煩わしい限りである。

今の俺は、どんな顔をしているだろうか。

スライムがきょとんと俺のことを見ていた。大体いつもは目が合うと微笑んでくれるのだが、今日は微笑んでくれなかった。多分、俺の方が不穏な表情を浮かべていたからかもしれない。

いっそ、国でも興してやろうか、と。

そんな思いが脳裏を一瞬だけかすめて。

——不思議と、俺の口角は吊り上がっていた。

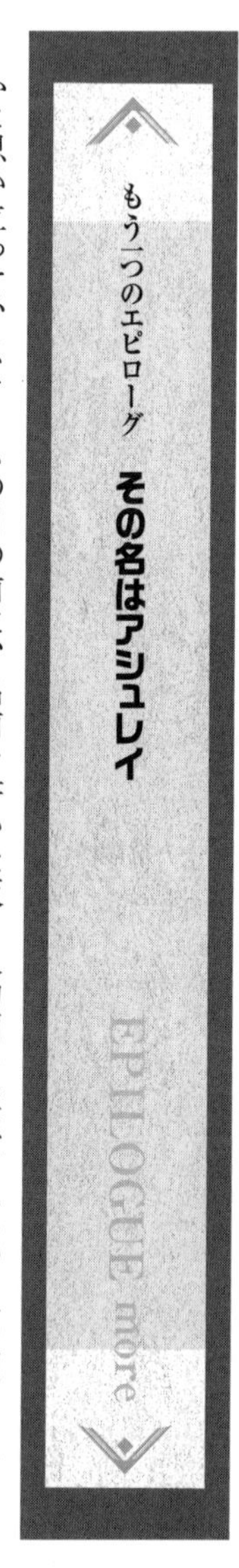

ふと思い立って、スライムの目の前に、名前を書いた板と人物画を並べてみた。人の顔と名前を覚えてもらったら、今よりもっとたくさんのことを任せられると思ったからである。

とはいえ、餌かと勘違いして齧りはじめたのはちょっと焦った。これは餌じゃないぞと何度も伝えると、スライムは混乱していた。ちょっと可愛い。

「いいか、よく聞け。このむすっとした不機嫌そうな表情のおっさんはアドヴォカート。我がバスキア領の領主代理として、代官業務をこなしてくれている」

まずは彼からと思って、旧小バスキア村の村長、アドヴォカートから順番に紹介を始める。

「アドヴォカートには、年貢の徴税業務、農耕の計画策定業務、揉め事の仲裁のための領事裁判業務、一定金額以下の公文書押印、などを幅広く任せている。バスキア領の家臣団の中でも筆頭格に偉い。まあ、長年にわたってこの地を切り盛りしてきた経験と貫禄ってやつだな」

領主代行のアドヴォカート。

今や、あのおっさんは欠かせない人材になっている。この領地の抱えている多数の問題に関して、アドヴォカート氏は非常に深い理解がある。俺はどんどん新しい方針を打ち出す人間だが、これが成立しているのは、生じる悪影響を、彼のような人間が各部門と折衝を行って調整を図ってくれるからこそなのだ。

何せ、俺よりも貫禄があるぐらいである。

いうなれば、俺よりも〝領主らしい〟領主なのではないだろうか。バスキア港が開かれて、ますます経済的にも発展を続けていくバスキア領のために、これからも彼には領主代行を任せていくつもりであった。

「で、こいつがケルシュ族の姫、ケルン。目鼻立ちがくっきりして、いかにも気が強そうな少女って感じだな。ケルシュ族をはじめとした少数民族を束ねる顔役をやってもらっている」

ケルシュ族の姫ケルン。

顔役といっても、役職がないという訳ではない。むしろ彼女にはかなり重要な役職が割り当てられている。

元々、森に住んでいた経験を活かし、狩猟監督業務と森林監督業務に就いている。そして各地に放っている密偵たちの束ね役にもなってもらっている。〝少数民族の顔役〟という曖昧な言い方をして、半分自警団のような半分猟師のような連中（ほとんどが元野盗）を率いてもらっているが、実質は、弓の取り回しが上手で密偵もできる特殊部隊というわけだ。

現場に出たがるのがやや心配どころで、彼女もまた替えの利かない人材になりつつある。あんまり危険なことをするなよ、お前はもうかけがえのない奴なんだ、と伝えたところ、口元をもにょもにょさせてよくわからんことを言ってたが、ちゃんと伝わっただろうか？

「あー、メルツェン海賊団の女頭領のメルツェンは……絵画が間に合わなかったから飛ばすとして……」

海賊の女頭領メルツェン。

竹を割ったような性格の、ものすごく強烈な姉御なのだが、船上で過ごす時間が長いせいか絵画が間に合っていない。またいずれうちのスライムに教えてあげないといけないだろう。

次は誰にするか、と絵を選んだ俺は、その一つに目が留まり、思わずにやけてしまった。

「ふふ。いや、貫禄あるように描かれてるが、このおっさんは小悪党でな。キルシュガイスト司教っていうんだが、俺はいつもクソ司教って言ってる。金で動いてくれるから、よく言えば柔軟で実利主義だな」

白の教団の司教キルシュガイスト。

柔和な顔をしているが、本性は腐れ坊主そのものだ。金勘定に敏くて目端が利く。司祭の立場から、バスキア領の冠婚葬祭をはじめとした祭事の取り仕切り、宗教に関する揉め事の仲裁、あとは〝宗教法人でないと法的に許されないこと〟を任せる隠れ蓑にもなってもらっている。富くじの販売斡旋なんかは、神の御名の下で販売できるので飛ぶように売れる。互いに利益の大きい関係である。

チマブーエ辺境伯のところに連れて行ったときは最高だった。萎縮しっぱなしの彼だったが、〝バスキア領ならびにチマブーエ辺境伯領の権益を最大化するため、教会政治で働いてもらう〟という方向で手を握りあうことになった。うまくやれば枢機卿である。都合よく使える枢機卿が味方にいれば、その恩恵はとても大きい。今後が楽しみである。

「で、こいつらはドワーフの鍛冶師ピニャと、エルフの若頭カシャッサだな。ドワーフもエルフも本来は排他的な連中なんだが、我がバスキア領ではかなり友好的な関係にある」

ドワーフの職人ピニャ。

エルフの若頭カシャッサ。

見た目は少女そのもので生意気な性格のピニャは、かなり幅広い分野を修めた腕の立つ職人である。調度品作り、宝石加工、ガラス作り、革靴作り、そして鉄鍛冶と、バスキア工房の手がけるほとんどの製品に技術指導を行い、改良案を多数出しているのはこのドワーフの娘なのだ。口の悪さが玉に瑕だが、質のいい素材をわんさか与えると犬のように飛びつく、根っからの職人肌でもある。これからレンズ作り、果ては大型船の製造などに向けて、ますます彼女の活躍が期待できる。

寡黙な褐色エルフのカシャッサは、ケルシュの姫よりも自然に詳しい生き字引であった。特に参考になるのは薬草の扱いで、長い年月を生きるエルフたちの薬学知識は、バスキア領の医療技術の底上げに大きく貢献した。ゆくゆくはエルフの扱う妖精魔術などを教わりたいところだが、今は親しい隣人同士、という感触だろうか。森林迷宮から産出される魔物資源は、今後ますますバスキアの産業の骨子になると思われた。

「そして、この方を忘れちゃいけないな。チマブーエ西方辺境伯。俺の寄親にあたる大貴族で、実質的には王国西方の支配者だ。こういう言い方はあまり適切じゃないが、まあ、新米貴族の俺の先生役みたいな人だ」

チマブーエ西方辺境伯。

上品で温和な人柄で、付き合いの広い女性。歳の重ね方が上手なのか、品の良さが随所に窺える。

俺を子爵(ししゃく)にまで叙任(じょにん)してくれただけでなく、資源迷宮の開発の許可を裏で根回ししてくれたのも、バスキア港の開港まで話を整理してくれたのも、チマブーエ辺境伯である。上手(うま)く使われているような気もするが、それ以上に俺に裁量と自由、そして学びを与えてくれているので、感謝は絶えない。全部彼女の手のひらの上、というのはちょっと癪(しゃく)なので、貴族として立派に成長して、いつか見返してやりたいものだが、果たしてうまくいくだろうか。

「あとはまあ、うちに来てくれた老学者のロッソ御大(おんたい)……いや、その辺までいくとさすがに切りがないか。一旦(いったん)はここまでの人を覚えてもらうとして……おーい？」

今後の展望を語るうちに、すっかり説明に夢中になってしまっていた俺は、改めてスライムを見た。

――固まっていた。

何をしたらいいのか分からず、不安でぷるぷる震(ふる)えている様子であった。ちょっと可愛い。

「……、覚えたか？」

反応はない。言葉が通じていないのか、あるいは俺の説明が多すぎて理解がまだ追いついていないだけなのか。

絵と名前をペアに合わせてみよう、と伝えてみるも、相変わらず固まったままであった。

何度か促(うなが)してみるも、全然動かない。これは困った。

「……流石(さすが)に無理かあ」

名前と顔を覚えてくれたら、例えば荷物を一人一人に届けたり、あいつが今どこにいるのか案内してくれとお願いできたり、活躍の幅が広がると思ったのだが。

仕方がないのでスライムを腕で抱えて、どうしたものかなと思案にふける。

(そうだ、色付きの札は認識できるので、それを皆に配って、赤色の人にこれを届けてほしいとか、青色の人は今どこにいるか教えてほしいとか、そういうやり方をすればいいんじゃないか——)

それでも一人一人覚えてくれるに越したことはない。色付きの札の場合は盗難の懸念があるし、なりすましの問題もある。それに、領民を一人一人覚えてくれたら、領民に紛れ込もうとしてやってくる良からぬ奴をあぶりだすこともできる。いずれはそこまでできるようになってほしいが——。

……などということを考えていた矢先。

スライムがにゅるんと動いた。

その手(?)には何かを持っている。

「?　これは……?」

そこにあるのは、名前の彫られた木の板。

見たこともない文字で、/ˈæʃli/と綴られている。失われた古代基層言語だろうか。だが裏返すと、俺はまたもや驚いた。

アシュレイ。俺が用意した木板の一つ。

それは紛れもない、俺の名前であった。

「……この文字は、俺?　これってお前の言葉なのか?　で、これが俺の名前ってこと?」

途端、スライムは人の形になって頷いた。相変わらず、意味もなく微笑んでいる。目が合うだけで微笑むような奴なのだ、微笑みの表情の意味も分かってないかもしれない。

なんじゃそれは、と思わず苦笑する。俺の名前なんか覚えたところで何の意味があるのだろうか。俺を識別する理由はない、なぜなら俺は契約者だから意思疎通は自由なのだ。言葉を覚えるなら、もっと他の言葉のほうがいい。

だがこいつは、俺の名前を選びやがった。俺の名前なんかを覚えるのを、他の何よりも優先したのだ。

「おいおい、どうせなら他の奴を覚えろよな。そっちの方が内政がもっと順調に回るんだぜ?」

だが嬉しい。

どう説明すればいいのか分からないが、俺の名前を最初に選んでくれたことが、何より嬉しかった。

たまらず俺は、彼女の核をくすぐった。ぱちゅんと弾けてスライムは丸いいつもの姿に戻った。きゅいきゅいいってる。こいつも嬉しいのだろうか。

丸っこい姿でよく分からないが、こいつは微笑んでくれている、のだろうか。

とりあえず/ˈæʃli/の記号の下に、/ʌndiːn/とこいつの名前を刻んでやる。誰も読み方を知らない記号。もしかしたら、こいつだけは読めるのかもしれない。

「まだまだ先は長そうだな。……いろいろとな」

これが俺の生涯最後の相棒。

やるべきことは山積みであったが、こいつとならば、どうにでもやっていけるような気がした。

あとがき

作者のRichard Roeです。この度は本作品をお買い上げいただき、ありがとうございます。

内政もの、書いててめちゃめちゃ楽しいジャンルです！！！

今でもＷＥＢ投稿サイトで根強い人気を誇るジャンルではありますが、資料調査の負担から投稿速度を担保するのが難しく、なろう系のメインストリームとは少しだけ外れたところに位置します。

ですが、ゆっくり歴史解説動画が万バズを連発するがごとく、『昔の国家や領主たちは、災難に直面した時どんな工夫をして切り抜けたのだろう？』という題材は、奥が深くて面白いです。

（※という作者の趣味で、ギチギチに内政ネタを詰めました！　てんこ盛りでゴメンナサイ！）

……。さて、一つだけ謎解きをしましょう。作中によく出てきた/ʌndíːn/などの読めない記号。これは国際音声記号（ＩＰＡ）の表記を使っています。/ʌndíːn/はアンディーン（ウンディーネ）、こいつが主人公の相棒のスライム？　になっています。

アシュレイが「バスキア領は、炎の精霊サラマンダーの聖地！」と演説した瞬間、このアンディーンちゃんはどんな気持ちだったんでしょうね……。アシュレイは平気でこういうことするひどい奴なんです。健気なアンディーンちゃんに幸あれ、ですね。

そんなドタバタ内政モノの本作品、これからもどうぞよろしくお願いいたします！

本書は、２０２２年にカクヨムで実施された「第４回ドラゴンノベルス小説コンテスト」で特別賞を受賞した「追放されたスライム召喚士が領地開拓をやり込んだら、一国の統治者に成り上がった件：」を加筆修正したものです。

追放されたスライム召喚士が領地開拓をやり込んだら、一国の統治者に成り上がった件

2023年10月5日　初版発行

著　　者　Richard Roe（りちゃーど ろう）

発 行 者　山下直久

発　　行　株式会社KADOKAWA
〒102-8177　東京都千代田区富士見2-13-3
電話 0570-002-301（ナビダイヤル）

編　　集　ゲーム・企画書籍編集部

装　　丁　AFTERGLOW

D　T　P　株式会社スタジオ２０５ プラス

印 刷 所　大日本印刷株式会社

製 本 所　大日本印刷株式会社

DRAGON NOVELS ロゴデザイン　久留一郎デザイン室＋YAZIRI

本書の無断複製（コピー、スキャン、デジタル化等）並びに無断複製物の譲渡及び配信は、著作権法上での例外を除き禁じられています。
また、本書を代行業者等の第三者に依頼して複製する行為は、たとえ個人や家庭内での利用であっても一切認められておりません。

●お問い合わせ
https://www.kadokawa.co.jp/（「お問い合わせ」へお進みください）
※内容によっては、お答えできない場合があります。
※サポートは日本国内のみとさせていただきます。
※ Japanese text only

定価（または価格）はカバーに表示してあります。

©Richard Roe 2023
Printed in Japan

ISBN978-4-04-075115-3　C0093

ドラゴンノベルス好評既刊

黒猫ニャンゴの冒険

レア属性を引き当てたので、気ままな冒険者を目指します

篠浦知螺　イラスト／四志丸　シリーズ1〜3巻発売中

猫になって、異世界。かわいいだけじゃない冒険が始まる！

ドラゴンエイジ（コミックウォーカー）にてコミック連載中

異世界に転生した少年は冒険者を志すが、体は最弱種族の猫人で、手にした魔法は“空っぽ”とバカにされる空属性だった。しかし少年は大きなハンデをものともせず、創意工夫で空魔法を武器や防具を生み出せて、空も歩ける魔法へと変えていく。周囲の優しさに支えられ成長し、そして空属性の真価に気付いた時、最強の猫人冒険者としての旅が始まる！

KADOKAWA

ドラゴンノベルス好評既刊

田中家、転生する。

猪口　イラスト／kaworu　シリーズ1～4巻発売中

家族いっしょに異世界転生。平凡一家の異世界無双が始まる⁉

「電撃マオウ」にてコミック連載中！

平凡を愛する田中家はある日地震で全滅。異世界の貴族一家に転生していた。飼い猫達も巨大モフモフになって転生し一家勢揃い！ただし領地は端の辺境。魔物は出るし王族とのお茶会もあるし大変な世界だけど、猫達との日々を守るために一家は奮闘！　のんびりだけど確かに周囲を変えていき、日々はどんどん楽しくなって——。一家無双の転生譚、始まります！

KADOKAWA

ドラゴンノベルス好評既刊

刹那の風景

緑青・薄浅黄　イラスト／sime　シリーズ1〜3巻発売中

三度目の人生は獣人のわんこ族と旅に出ます

「月刊コンプエース」にてコミック連載中！

68番目の勇者として異世界に召喚されつつも病弱で見放されていた杉本刹那は、23番目の勇者カイルからその命と共に大いなる知識と力を受け継ぎ、勇者の責務からも解放される。三度目の人生にしてようやく自由を得た刹那は、冒険者として生きていくことに。見るもの全てが新しい旅の中で生まれる出会いと別れ、それが刹那と世界を少しずつ変えていく——。

KADOKAWA

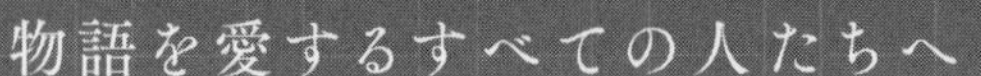

物語を愛するすべての人たちへ

KADOKAWA運営のWeb小説サイト

イラスト:Hiten

「」カクヨム

01 - WRITING

作品を投稿する

誰でも思いのまま小説が書けます。

投稿フォームはシンプル。作者がストレスを感じることなく執筆・公開ができます。書籍化を目指すコンテストも多く開催されています。作家デビューへの近道はここ!

作品投稿で広告収入を得ることができます。

作品を投稿してプログラムに参加するだけで、広告で得た収益がユーザーに分配されます。貯まったリワードは現金振込で受け取れます。人気作品になれば高収入も実現可能!

02 - READING

おもしろい小説と出会う

アニメ化・ドラマ化された人気タイトルをはじめ、あなたにピッタリの作品が見つかります!

様々なジャンルの投稿作品から、自分の好みにあった小説を探すことができます。スマホでもPCでも、いつでも好きな時間・場所で小説が読めます。

KADOKAWAの新作タイトル・人気作品も多数掲載!

有名作家の連載や新刊の試し読み、人気作品の期間限定無料公開などが盛りだくさん!
角川文庫やライトノベルなど、KADOKAWAがおくる人気コンテンツを楽しめます。

最新情報はTwitter
@kaku_yomu
をフォロー!

または「カクヨム」で検索

カクヨム